I0544423

UN HÉROS POUR SADIE

UN HÉROS POUR SADIE (DELTA FORCE HEROES, TOME 11)

SUSAN STOKER

Un Protecteur Pour Fiona

Un Mari Pour Caroline

Un Protecteur Pour Summer

Un Protecteur Pour Cheyenne

Un Protecteur Pour Jessyka

Un Protecteur Pour Julie

Un Protecteur Pour Melody

Un Protecteur Pour the Future

Un Protecteur Pour Kiera

Un Protecteur Pour Les Enfants de Alabama

Un Protecteur Pour Dakota

Mercenaires Rebelles

Un Défenseur pour Allye

Un Défenseur pour Chloé

Un Défenseur pour Morgan

Un Défenseur pour Harlow

Un Défenseur pour Everly

Un Défenseur pour Zara

Un Défenseur pour Raven

Ace Sécurité

Au Secours de Grace

Au Secours de Alexis

Au Secours de Bailey

Au Secours de Felicity

Au Secours de Sarah

NOTE DE L'AUTEURE

Quand on m'a appelée l'an dernier pour me demander si j'avais envie de « jouer » dans le bac à sable de Lexi Blake, j'ai immédiatement pensé : « Oui ! » Et puis, j'ai vraiment réalisé... Je connaissais le succès des séries de Lexi – *Masters* et *Mercenaries* – notamment parce que j'en étais lectrice avant de commencer à écrire mes propres histoires. J'ai demandé à Lexi si elle avait un personnage féminin que je pouvais « emprunter », et bien sûr, elle a dit oui. C'est ainsi que l'histoire de Sadie est née.

J'ai adoré absolument tout dans l'écriture de cette novella. L'histoire qui suit est typique de ce que j'écris... des héroïnes fortes qui semblent s'attirer les pires situations... mais qui, dans leur malheur, ont la chance d'avoir l'attention et l'amour d'un héros formidable, un mâle alpha possessif qui fera tout son pouvoir pour s'assurer leur sécurité.

J'espère que vous aimerez l'histoire de Sadie... et que vous apprendrez à connaître (ou que vous retrouverez) certains personnages de ma série *Delta Force Heroes*. Bonne lecture !

CHAPITRE UN

Sadie faisait face avec appréhension à l'homme qui se trouvait devant elle.

Sean Taggart avait beau connaître vingt manières de tuer sans émettre un seul son grâce au temps qu'il avait passé dans les Forces Spéciales, pour elle, il n'était que son oncle Sean. Elle ne le connaissait que depuis six ans, depuis que sa tante Grace s'était mariée, mais il l'avait toujours soutenue quoi qu'elle veuille faire et les avait traitées, elle et sa tante, comme des princesses.

Mais pas cette fois.

— Oncle Sean, c'est ridicule.

Sean croisa les bras, lui adressant ce qu'elle reconnut comme étant un air contrarié. Les sourcils froncés, les lèvres pincées, les yeux plissés.

— Ce n'est pas vrai et tu le sais.

— Pourquoi est-ce que je ne peux pas retourner à Dallas avec toi ?

Son oncle soupira. Ils en avaient déjà parlé, mais Sadie ne pouvait pas laisser tomber l'affaire.

— Car Jonathan n'a pas encore été retrouvé. Le capitaine Jackson a dit qu'il continuerait à veiller sur toi jusqu'à ce qu'on l'attrape.

Sadie secoua la tête.

— Mais si je rentrais à la maison, *tu* me protégerais.

Sean baissa les yeux vers elle, de l'amour dans les yeux. Sa voix s'adoucit.

— Je pourrais le faire, tu as raison. Mais je pense que nous savons tous les deux que tu n'aimerais pas mon type de protection. Ni celui de Ian. Ou de qui que ce soit d'autre que l'on puisse trouver.

Elle comprit ce qu'il voulait dire sans qu'il l'expose clairement. Sean était surprotecteur. Tout comme Ian, et probablement la plupart des autres hommes qui travaillaient pour McKay-Taggart. Elle pouvait supporter leur surprotection et leur autoritarisme... mais seulement jusqu'à un certain point. Si elle devait les endurer vingt-quatre heures sur vingt-quatre et sept jours sur sept, cela pourrait endommager leur relation. Et c'était la dernière chose dont elle avait envie.

— Je peux retourner chez les parents de Milena, offrit presque désespérément Sadie.

Peut-être qu'elle arriverait même à temps pour la fête de fiançailles surprise de Milena. Elle avait beau ne pas vouloir devenir l'une des clientes surprotégées de McKay-Taggart, elle n'était plus sûre de vouloir être à proximité de Chase Jackson non plus.

À la seconde où elle avait posé le regard sur cet homme, elle l'avait désiré. C'était comme si son corps lui avait dit : *Ça y est. C'est l'homme que je veux.*

Malheureusement, il était en train de la secourir d'un pédophile fou et pervers à ce moment-là, et à présent, elle avait peur qu'il se sente responsable d'elle, plutôt que de la désirer en retour.

Elle vivait chez lui et dormait dans la chambre d'amis de son appartement, mais les choses étaient extrêmement étranges entre eux, principalement à cause de leur folle attirance sexuelle. Puis, leur ami TJ, un agent de la sécurité routière des autoroutes, avait téléphoné et les avait informés que le FBI avait appris que Jonathan Jones avait été aperçu récemment. À présent, Chase pensait que l'installer dans un appartement situé au-dessus du garage d'un de ses amis était plus sûr. Sadie avait l'impression d'être une orpheline placée d'une maison à l'autre, n'ayant sa place nulle part.

— Le mari de Milena ne peut pas s'occuper à la fois d'elle et de toi, dit Sean sans ménagement, répondant à l'idée de vivre chez les parents de son amie qu'elle avait eue un peu plus tôt. TJ est débordé à s'assurer que Milena et son fils soient en sécurité. Non seulement ça, mais si tu retournais à San Antonio et que tu allais chez les parents de Milena, tu les mettrais en danger. Écoute, je sais que Chase et toi ne vous entendez pas très bien, mais tu dois juste continuer à le supporter jusqu'à ce que nous trouvions ce connard de Jones et que nous nous assurions qu'il n'est plus une menace.

Sadie déglutit. Ce n'était pas que Chase et elle ne s'entendaient pas bien, simplement elle ne savait pas quoi dire à cet homme. Il lui plaisait. Beaucoup. Et chaque fois qu'elle ouvrait la bouche, elle disait quelque chose qu'elle ne voulait pas dire. Mais si elle continuait de protester, Oncle Sean deviendrait méfiant et poserait des questions. La dernière chose qu'elle voulait, c'était que son oncle et Chase sachent à quel point le beau capitaine de l'armée lui plaisait *vraiment*.

Une partie de son appréhension devait s'être vue sur son visage quand même, car Sean dit :

— Tu seras en sécurité avec Jackson, Sadie. S'il n'appartenait pas déjà à Oncle Sam, je l'embaucherais pour venir travailler pour Ian sans l'ombre d'une hésitation. De plus, grâce aux médias, Jonathan sait qui je suis. Qui *tu* es. Le premier endroit où il te cherchera, c'est à Dallas.

— Donc tu continues à refiler le baby-sitting à Chase, dit Sadie âprement.

Elle n'était pas habituée à ce que ce regard soit souvent dirigé sur elle, voire jamais. Un regard déçu. Et cela la blessa. En particulier de la part d'Oncle Sean.

— Ce n'est pas du baby-sitting, dit-il. Et le simple fait que tu dises ça m'indique que tu ne comprends pas vraiment la gravité de la situation.

— Je suis désolée, dit immédiatement Sadie. Je la comprends. C'est juste que... je ne pense pas que Chase m'apprécie beaucoup et je déteste être un fardeau.

Sean la regarda un long moment avec une expression sur le visage que Sadie ne parvenait pas à interpréter. Finalement, il dit :

— Parfois, j'oublie à quel point tu es jeune. Le fait est que, juste après que tu as été secourue, Jackson est venu *me* voir pour me demander de te maintenir en sécurité. Je ne le lui ai pas demandé.

Sadie fixa son oncle d'un air incrédule.

— Vraiment ?

— Oui, vraiment.

— Mais... Il était tellement en colère à l'école, après m'avoir aidée. Je ne pensais pas qu'il voulait de moi dans les parages.

— Est-ce que tu peux le lui reprocher ? Il était inquiet pour toi. Nous l'étions tous, dit son oncle pour toute réponse.

— Cela fait déjà un mois. Combien de temps vais-je devoir rester ici ? demanda-t-elle, faisant référence à Fort Hood, où Chase vivait et travaillait.

— Autant qu'il le faudra. Fais-le, s'il te plaît. Pour moi et pour Grace. Nous avons besoin de savoir que tu es en sécurité pendant que nous localisons ce connard. Ça ne devrait plus prendre beaucoup de temps.

S'il le demandait aussi gentiment, comment pouvait-elle continuer à protester ?

— D'accord.

— Merci.

— Mais tu ne me le reprocheras pas si Chase t'appelle pour te supplier de le débarrasser de moi.

Sean sourit d'un air suffisant, comme s'il savait quelque chose qu'elle ignorait, mais ne répondit pas.

Au lieu de cela, il la prit dans ses bras et la tint fermement un long moment.

Sadie ferma les yeux. Sean était un homme grand et Sadie avait toujours adoré qu'il la serre contre lui. Dans les bras de son oncle, elle avait la sensation que rien ne pourrait lui arriver de mal. Lui et les autres de McKay-Taggart s'étaient inquiétés lorsqu'elle avait fait ses valises et qu'elle était partie à San Antonio sans vraiment dire à qui que ce soit ni où elle allait ni pour combien de temps. Mais lorsqu'elle avait téléphoné et qu'elle leur avait dit qu'elle allait vivre chez son amie Milena et l'aider avec son enfant en bas âge, Sean ne lui avait pas passé un savon, ce qu'elle avait apprécié. Sadie n'avait pas eu l'intention d'être impliqué dans un coup de filet qui avait eu lieu sur le lieu de travail de Milena, l'école et orphelinat pour filles de Bexar County, et après cela, elle ne pouvait pas partir, pas alors qu'il était évident que Milena pourrait bien être en danger à cause de l'implication de Sadie.

Bien entendu, elle n'avait pas su qu'elle était également en danger avant qu'il ne soit trop tard.

Elle s'était sentie autant en sécurité qu'à l'école… quand Chase l'avait soulevée dans ses bras.

Sean s'écarta et la maintint à bout de bras.

— Tu sais que tu n'as qu'à m'appeler pour que je sois là. Si tu as besoin de moi, tu me téléphones.

Ce n'était pas une question, plutôt un ordre.

Sadie acquiesça.

— Et si tu veux un travail au restaurant quand tu reviendras à la maison, tu en as un.

— Merci, Sean, dit Sadie.

Le restaurant de son oncle, Top, était l'un des plus populaires de Dallas. Y travailler ne serait pas désagréable ; ce serait mouvementé et trépidant. Si elle ne pouvait pas récupérer son emploi chez McKay-Taggart, ce serait une bonne option pour elle.

Comme si Sean pouvait lire ses pensées, il dit :

— Ian m'a dit que les choses ne sont plus les mêmes depuis que tu es partie. Il a enfin reçu ses appels téléphoniques et parvient à voir le dessus de ton bureau.

Sadie gloussa et lui donna une claque taquine sur l'épaule.

— La ferme. Je n'étais pas si mauvaise.

Sean se contenta de la regarder en haussant les sourcils.

— OK, d'accord. Je l'étais. Mais je faisais mon travail et j'étais douée pour le faire. De plus... ils recevaient les messages importants, pas vrai ?

— Ça, oui, acquiesça Sean.

Le sourire disparut de son visage et il dit d'un air sombre :

— Prends soin de toi. Il y a beaucoup de gens qui t'aiment.

— Je le ferai, dit Sadie à son oncle.

— Je suis plus fier de toi que je ne puisse le dire. Peu de gens resteraient pour essayer d'aider une amie qu'ils n'avaient pas vue depuis deux ans. Non seulement ça, mais tu as joué un rôle important pour mettre un terme à ce cercle de pédophilie et pour faire tomber beaucoup de tarés qui y étaient impliqués.

Les yeux de Sadie se remplirent de larmes. Elle ne s'était pas rendu compte avant ce moment d'à quel point elle avait besoin des éloges de son oncle. Elle n'avait pas pensé qu'elle serait en danger lorsqu'elle était allée à San Antonio. Elle avait simplement voulu rendre visite à Milena et son petit garçon un moment. Elle s'était empêtrée dans une situation difficile, mais heureusement TJ, le nouveau fiancé de Milena n'était pas seulement un sacré policier, c'était également un ancien tireur embusqué de la Delta Force qui avait été capable de faire le nécessaire quand tout avait mal tourné.

Entendre son oncle, qui était lui-même un dur à

cuire à part entière, lui dire qu'il était fier d'elle aidait énormément Sadie à se pardonner pour l'inquiétude qu'elle avait infligée à sa famille, et qu'elle leur infligeait encore.

— Merci, murmura-t-elle.

— Mais si tu refais un jour quelque chose comme ça, je demanderai à Ian de trouver une maison sécurisée où te planquer ou je te flanquerai des gardes sur le dos vingt-quatre heures sur vingt-quatre et sept jours sur sept. Je ne plaisante pas.

Les yeux de Sadie s'écarquillèrent et elle regarda son oncle d'un air choqué. Lâcherait-il vraiment des gardes du corps sur elle ? Oui, il le ferait sans aucun doute.

Avant qu'elle ne puisse répondre, même si elle n'avait pas la moindre idée de ce qu'elle pourrait dire, Chase Jackson passa la tête dans la petite pièce du service de police, où Sean les avait retrouvés. Ils avaient parlé de Jonathan et avaient été mis au courant des recherches le concernant.

Mis à part le signalement qu'il avait été vu à San Antonio, ce qui avait poussé Chase à décider de l'installer dans l'appartement du garage de son ami, il n'y avait pas eu d'autre nouvelle. À chaque réunion, Sadie devenait un peu plus frustrée. Cet homme avait l'art de disparaître sans laisser de trace. Mais elle avait pensé la même chose plus tôt, et il s'était avéré que Jonathan et son père tout aussi pervers et à présent décédé s'étaient cachés tout ce temps à San Antonio, attendant le moment idéal pour s'en prendre à Milena et à son fils, ainsi qu'à Sadie.

— Tout va bien ? demanda Chase, l'ayant de toute évidence vue surprise par les derniers mots de son oncle.

Sadie le regarda.

Il était vraiment séduisant. Des cheveux sombres, des yeux marron qui la fixaient toujours avec une intensité qui lui donnait envie de se tortiller. Il remplissait ses vêtements d'une manière qui laissait comprendre qu'il n'était que muscles en dessous. Elle voulait faire glisser ses mains sur ce corps pour sentir les muscles par elle-même, mais jusque-là, elle s'en était abstenue.

Chase était également plus grand qu'elle de quelques centimètres. Elle n'avait pas toujours été attirée par les hommes grands, mais passer du temps avec son oncle et ses amis avait changé cela. Elle se sentait toujours protégée lorsqu'ils étaient près d'elle. En partie à cause de ce qu'ils faisaient dans la vie, mais aussi de la façon dont ils se comportaient avec leurs femmes. Ils passaient un bras autour de leurs femmes, ou les attiraient contre leurs flancs, ou les poussaient derrière leurs propres corps s'ils pensaient qu'il y avait une menace.

Sadie n'avait jamais été avec un garçon, ou un homme, qui la protégerait ainsi. Cela dit, elle n'avait jamais vraiment *voulu* être protégée. Mais le simple fait d'observer Sean, Alex, Ian, Liam, Jake et Adam avec leurs femmes lui faisait progressivement se rendre compte qu'il lui manquait peut-être quelque chose. Avoir quelqu'un qui s'occupe constamment de son bien-être ne serait pas vraiment une épreuve à surmonter.

Et Chase lui avait sans le moindre doute donné la sensation d'être protégée. À la seconde où elle était tombée sur lui à l'école après avoir échappé à Jonathan, elle avait cessé d'être morte de peur, et l'odeur virile de Chase l'avait apaisée.

Mais Chase pouvait également être très déroutant. Passer du chaud au froid. Un moment, elle était sûre qu'il la désirait, et le suivant, il la traitait comme si elle était une petite sœur agaçante. Le dernier mois avait été une torture, car elle était près de lui sans savoir ce qu'il pensait vraiment d'elle.

L'ancienne Sadie le lui aurait fait remarquer. Mais depuis qu'elle avait été retenue captive par Jonathan Jones à l'école, elle s'était sentie incertaine à propos de presque tout. Elle détestait le fait de ne pas être la Sadie dure à cuire qu'elle avait été auparavant et elle s'efforçait de redevenir cette personne, mais le processus était lent.

— Je disais juste au revoir à Sadie, dit Sean en se retournant et en se penchant pour ramasser le sac de cette dernière. Grace a emballé quelques affaires pour toi, dit-il à sa nièce en lui tendant le sac. Elle a pensé que tu aimerais avoir plus d'affaires à toi.

Sadie acquiesça. Elle n'était pas surprise que Tante Grace ait eu la présence d'esprit de s'assurer qu'elle ait davantage de ses vêtements préférés. Chaque fois que son oncle était venu la voir, il en avait ramené un peu plus. Sous peu, Grace lui aurait envoyé tout son appartement. En l'état actuel des choses, il semblait déjà qu'elle avait complètement emménagé avec Chase.

— Prends soin de ma nièce, ordonna Sean à Chase.

— Elle continuera à être en sécurité avec moi, répondit Chase.

Les deux hommes se regardèrent un long moment. Finalement, Sean hocha la tête.

— On reste en contact.

Puis, il se pencha, déposa un baiser sur la tête de Sadie et s'en alla.

Elle se tourna vers Chase et tint son sac devant elle comme un bouclier.

Il lui tendit la main.

— Prête à partir ?

Sadie déglutit difficilement et acquiesça. Elle glissa sa main dans la sienne et le laissa la conduire à l'extérieur de la petite pièce.

CHAPITRE DEUX

Chase Jackson essaya de ne pas regarder les fesses de Sadie tandis qu'elle montait les escaliers jusqu'à l'appartement situé au-dessus du garage de Cormac Fletcher, mais il n'y parvint pas. Il était humain, après tout.

Dès qu'il avait vu Sadie Jennings pour la première fois, il l'avait désirée. Il l'avait désirée avec une intensité qui semblait venir de nulle part. Il n'avait jamais ressenti cela pour une femme auparavant. Comme s'il avait besoin d'elle pour respirer.

— Est-ce que tu es sûr que ce n'est pas un problème que je vive ici ? demanda Sadie tout en glissant la clé dans la serrure.

— Nous.

— Quoi ? demanda-t-elle, d'un air confus.

— Nous, répéta calmement Chase. Et non. Ça ne dérange pas Fletch que *nous* vivions ici pendant que ton oncle et les Fédéraux continuent d'essayer de retrouver Jonathan.

Sadie s'immobilisa, une main sur la poignée de la porte et l'autre tenant son sac comme si sa vie en dépendait.

— Je pensais que tu ne serais avec moi que pendant la journée.

Chase s'approcha doucement de Sadie et ouvrit la porte. Il posa sa main sur le bas de son dos et la guida à l'intérieur de l'appartement. Il lui prit le sac des mains et le laissa tomber sur le sol avant de l'emmener dans le salon, qui comprenait un canapé, une petite table basse et une télévision.

— Chase ?

— Je ne peux pas m'assurer que tu es en sécurité si je ne suis pas là, Sadie.

— Mais... ton ami de la Delta Force vit à côté. Je pensais que c'était pour ça que j'allais vivre ici, protesta Sadie.

— C'est en partie la raison pour laquelle tu seras plus en sécurité ici. Sans parler des caméras qu'il a installées pour couvrir chaque centimètre carré de la propriété. Mais si tu penses que je vais uniquement compter sur lui ou sur les caméras pour te protéger, tu es folle.

Chase se tourna pour regarder la femme qui avait mis ses sentiments sens dessus dessous depuis le jour où il l'avait rencontrée.

Elle le regardait d'un air confus, se mordant la lèvre inférieure, les sourcils froncés. Elle se tordait également les mains devant elle et elle ne croisait pas *vraiment* son regard. Il voulait la secouer tout autant qu'il avait envie de la prendre dans ses bras et de lui dire qu'elle n'aurait plus jamais à s'inquiéter de quoi que ce soit.

Les boucles de ses cheveux auburn tombaient autour de son visage pâle et couvert de taches de rousseur. Il adorait la façon dont son petit nez retroussé se plissait quand elle était désorientée et la manière dont son visage devenait rose quand elle était mal à l'aise ou enthousiaste. Ses yeux étaient vert noisette et brillaient quand elle parlait de quoi que ce soit qui la passionnait... ce qui comprenait presque tout. Elle était grande, environ un mètre soixante-quinze, et pulpeuse. Ses hanches étaient larges et elle avait un petit ventre rond qui était mignon plus que rédhibitoire. Ses bras et ses jambes étaient musclés ; parce qu'il avait parlé avec Sean Taggart, il savait que lorsqu'elle vivait à Dallas, elle faisait du sport au moins deux fois par semaine avec les hommes et les femmes du groupe McKay-Taggart et qu'elle se défendait.

Mais c'était plus que son physique qui l'attirait. C'était sa personnalité. Elle était loyale, à la fois envers ses amis et sa famille. Elle était déterminée et compatissante. Elle était forte, brave et la plupart du temps, elle n'avait pas peur de dire le fond de sa pensée.

Sadie jeta un œil au petit appartement.

— Il n'y a qu'une chambre.

Chase voulait lui dire qu'ils la partageraient, mais il ne le fit pas pour ne pas la mettre mal à l'aise.

— Je dormirai sur le canapé.

Sadie jeta un œil dubitatif au canapé puis regarda Chase dans les yeux.

— Je ne suis pas un bébé, Chase. Je serai très bien ici toute seule. Tu peux retourner chez toi pour dormir, puis revenir le matin si tu penses que tu as besoin de me surveiller comme une enfant.

— Laisse-moi te clarifier un point, Sparky, la dernière chose à laquelle je pense quand je suis avec toi, c'est te surveiller comme une enfant. Tu as quoi, vingt-cinq ans ? Seulement deux ans de moins que moi ?

— Oui, répondit-elle à contrecœur, détestant le

fait qu'elle ait lancé à Chase les mêmes mots qu'à son oncle. Mais tu réagis comme si tu étais bien plus âgé, lui dit-elle sur la défensive en voyant qu'il restait silencieux.

Chase lui adressa un grand sourire. Bon sang, elle était adorable.

— Et ne reste pas debout là à sourire, souffla-t-elle en croisant les bras sur sa poitrine.

Le sourire disparut du visage de Chase.

— J'ai vécu beaucoup de choses, lui dit-il calmement. Trop de choses. À tel point qu'il est hors de question que je te laisse ici à te débrouiller toute seule alors que ce connard est encore en liberté, mourant d'envie de mettre la main sur toi. Ce n'est sacrément pas du putain de baby-sitting. Je peux te protéger, Sparky. Tu peux me croire.

— Pourquoi m'appelles-tu comme ça ? demanda-t-elle plutôt que de commenter sa déclaration exagérée.

— Quoi ? Sparky ?

— Oui.

Chase afficha un grand sourire.

— Les cheveux roux. Une personnalité explosive. Le feu. Ça te correspond. J'aime bien.

Sadie le fixa du regard un long moment avant de lever les yeux au ciel.

— Tu crois qu'on ne me l'a jamais dit avant ? Flash spécial, on m'a donnée tous les noms possibles et imaginables en rapport avec les cheveux roux. Chucky, Tête de Cuivre, Red, Poil de Carotte, Rusty, Chatte Enflammée — celui-là me vient d'un connard à l'université qui pensait être un don de Dieu pour les femmes et qui était agacé par le fait que je ne lui prête pas la moindre attention — Petit Chaperon Rouge, Fifi Brindacier, Annie, et même Garfield. Sparky n'est même pas très créatif, tout bien considéré.

Chase fit un pas vers elle et elle recula d'un pas avant de redresser les épaules et de lui jeter un regard noir. Il tendit une main et tira sur l'une de ses boucles. Il laissa la mèche s'enrouler autour de son doigt avant de prendre doucement sa joue dans sa grande main. Il lui sourit.

— Je ne te manquerai jamais de respect en te donnant un surnom désobligeant. Sparky est un nom affectueux, et un compliment. Tu ne te laisses jamais faire et la passion que je vois brûler en toi correspond à la couleur de tes cheveux. Les deux sont splendides et je te respecte sacrément.

— Oh.

Sans retirer sa main de sa joue, Chase se pencha

vers Sadie, suffisamment près pour sentir la lotion au jasmin qu'elle avait utilisée ce matin-là.

— Tu as besoin que je clarifie autre chose ?

Les yeux de Sadie étaient gigantesques tandis qu'elle les levait vers lui. Elle resta figée, comme si elle avait peur de bouger.

— Pourquoi fais-tu ça ? murmura-t-elle. Tu ne m'apprécies même pas.

— Je ne t'apprécie pas ? demanda-t-il d'un air incrédule. C'est ce que tu penses ?

Elle acquiesça.

— Je t'ai entendu dire à mon oncle au téléphone que j'étais impulsive, et pas dans le bon sens du terme. Tu as aussi dit qu'il était stupide de me laisser continuer à aller à cette école pour aider Milena après avoir eu des doutes sur ce qu'il s'y passait. Tu lui as dit qu'il ne m'avait certainement pas appris quoi que ce soit quand je travaillais pour McKay-Taggart, même si j'étais la seule réceptionniste.

— Ah oui ? demanda Chase d'un ton détaché.

— Oui. Et tu lui as même dit que tu pensais que j'avais besoin d'un « gardien ».

Voyant qu'elle ne poursuivait pas, Chase lui demanda :

— Est-ce que tu as entendu autre chose ?

Sadie secoua légèrement la tête, sa mèche de

cheveux toujours enroulée autour des doigts de Chase.

— Non, je suis partie après ça. J'ai décidé que j'en avais assez entendu.

— Tu n'as pas écouté aux portes assez longtemps, Sadie. Tu ne m'as pas entendu dire à ton oncle que, pour quelqu'un qui n'avait pas été entraîné, tu avais une remarquable capacité innée pour savoir quoi faire en cas d'urgence, et que j'étais vraiment impressionné.

Elle en resta bouche bée et le fixa d'un air choqué.

— Et tu n'as pas non plus entendu que, même si tu as été irresponsable en continuant à aller travailler avec Milena, je pensais que tu étais incroyablement courageuse pour avoir lancé l'alerte à propos de l'opération en premier lieu, puis pour avoir continué à y aller pour la protéger, alors même que tu avais une bonne idée de ce qui arrivait aux filles derrière les murs de cet enfer.

Sadie ferma la bouche d'un coup sec.

— Tu me plais, Sadie Jennings. J'ai beau ne pas toujours apprécier ce que tu fais, je comprends pourquoi tu le fais. Je comprends que tu es comme ça.

— Je te plais ?

Chase avait envie de sourire, elle était tellement adorable bon sang, mais il ne le fit pas.

— Oui, Sparky. Tu me plais. Tu me plais suffisamment pour que l'idée que Jonathan te mette la main dessus me rende physiquement malade. J'ai passé le mois dernier à obtenir l'autorisation de mon officier commandant pour faire de toi ma mission officielle. Pour m'assurer que tu sois en sécurité. Les stocks d'armes que les Fédéraux ont trouvés dans des tunnels secrets de l'école ont été suffisants pour obtenir cette autorisation. Les lance-roquettes ne sont pas le genre d'armes qu'un citoyen moyen devrait avoir à sa disposition. Alors, pendant que ton oncle, ses amis et ses frères, ainsi que le FBI, recherchent Jonathan et éliminent la menace qui te pend au-dessus de la tête, je vais te maintenir en sécurité. Avec l'aide de Fletch, Ghost et les autres.

— C'est ridicule, Chase. Je serais très bien à Dallas. Oncle Sean s'assurera que je suis en sécurité, lui dit Sadie. Me surveiller en permanence n'est plus nécessaire.

Chase resserra sa main sur ses cheveux.

— C'est le cas.

Sadie soupira de frustration.

— Je t'énerve. Je gêne. Laisse-moi rentrer chez moi, Chase.

L'expression de son visage s'apaisa, mais il secoua la tête quand même.

— Jonathan allait te violer, Sparky. Tu l'as dit toi-même. Tu as dit aux Fédéraux qu'il était obsédé par l'idée de te faire tomber enceinte et de prendre tes bébés. Est-ce que tu penses vraiment qu'il va tout simplement abandonner et s'enfuir avec la queue entre les pattes ?

Elle se mordit la lèvre et détourna le regard.

Chase voyait bien qu'elle savait que Jonathan n'allait jamais cesser de la chercher. Cet homme était obsédé. Chase savait également que Sadie avait toléré de rester chez lui uniquement parce qu'elle pensait que Jonathan serait retrouvé immédiate-ment, et parce que cela permettrait à Milena et son fils d'être en sécurité en même temps.

— Je peux m'occuper de moi-même, protesta-t-elle.

— Laisse-moi faire, dit Chase à voix basse.

— Pourquoi ?

— Je ne pense pas que tu sois prête pour savoir pourquoi, lui dit Chase.

Évidemment, cela la mit hors d'elle.

— J'ai beau être plus jeune que toi, et ne pas être un officier dans l'armée, je ne suis pas un bébé. J'ai un permis de port d'arme dissimulée et j'ai beaucoup appris en travaillant chez McKay-Taggart. Je ne suis pas une victime non plus. Je ne vais pas battre en retraite et pleurer en attendant que ce connard me trouve. Pourquoi est-ce que tu ne me le dis pas ?

— Tu veux que je te dise pourquoi je ne veux pas que tu retournes avec tes oncles durs à cuire ? À Dallas, où ils ont toute une équipe d'hommes qui pourraient te protéger ? Car oui, je sais qu'ils le pourraient.

Chase attendit qu'elle hoche la tête avant de poursuivre. Il se pencha davantage et sa main se déplaça sur le côté de son cou, la tenant immobile. Ses lèvres effleurèrent son oreille droite tandis qu'il s'apprêtait à renverser sa vie.

— Tu as beau ne pas avoir su que tu me plaisais avant aujourd'hui, écoute-moi bien, Sparky : tu es à moi. Et je vais m'assurer personnellement que ce connard disparaisse de la surface de la Terre pour qu'il ne puisse plus regarder ce qui m'appartient. Pour qu'il ne puisse plus toucher ce qui m'appartient. Pour qu'il ne puisse même plus *penser* à ce qui m'appartient. Puis, quand il sera mort, je t'épouserai, et je passerai le reste de ma vie à m'assurer qu'aucun autre connard ne pense qu'il peut faire la même chose.

Sadie déglutit et bougea dans son étreinte. Elle

ne dit rien, se contentant de le fixer d'un regard choqué tandis qu'il s'écartait d'elle. Sa main était encore posée sur son cou et elle pouvait sentir son pouls battre à pleine puissance dans sa gorge. Les yeux de Chase la parcoururent, appréciant ses tétons pointus et le désir dans ses yeux.

— Maintenant, est-ce que tu vas me laisser te protéger ou veux-tu t'enfuir et te cacher derrière tes oncles ?

— Je vais rester.

Ses mots ressemblaient plus à un coassement qu'à de véritables syllabes.

Il sourit... et ne put s'empêcher de sentir le soulagement coulant dans ses veines.

— Bien.

— L'enfermement ne me réussit pas trop, l'avertit Sadie en s'écartant de son étreinte.

— Je ne suis pas ton geôlier, répondit-il immédiatement, la laissant reculer. Je n'ai pas dit que nous devions rester à l'intérieur à chaque instant de la journée. Tant qu'il n'y a pas de menace évidente, nous pouvons passer du temps avec ma sœur et ses amis, aller au magasin, des choses comme ça, dans la limite du raisonnable.

— Tant que je ne suis pas obligée de rester là à ne rien faire, grommela Sadie.

— Nous n'avons pas à rester là à ne rien faire... à moins que tu ne le veuilles.

Chase parvint à peine à ne pas se pencher en avant et à prendre ses lèvres entre les siennes lorsque ses joues devinrent roses. Il ne savait pas exactement à quoi elle pensait, mais il pouvait le deviner, car c'était exactement ce qu'*il* pensait qu'il voulait faire. L'alchimie entre eux était hors normes. Son regard se posa sur sa bouche, imaginant la sensation de ses lèvres contre les siennes pour ce qui semblait être la millième fois.

— Je... Je devrais probablement défaire mes valises, marmonna-t-elle. Pour voir ce que ma tante a mis dedans pour moi, cette fois.

— Fais donc ça, dit Chase sans détourner les yeux de ses lèvres.

Elle les lécha et chaque muscle du corps de Chase se raidit, il était à une fraction de seconde de l'attirer contre lui et de ne pas la laisser partir avant qu'ils ne soient tous les deux haletants. Mais ce n'était pas vraiment le bon moment. Il ne devait pas s'emporter. Il devait la maintenir en sécurité. Il fit un pas de plus en arrière, mettant trente centimètres de distance entre eux.

Elle leva les yeux vers lui, comme si elle essayait de lire ses pensées, puis il se faufila sur le côté, en direction de la porte d'entrée, où il avait posé le sac de Sadie lorsqu'ils étaient entrés dans le petit appartement. Chase l'observa tandis qu'elle se précipitait vers la porte de la salle de bains et qu'elle disparaissait à l'intérieur.

Il passa sa main dans ses cheveux bruns et essaya d'ignorer son sexe dur comme la roche. Vivre à proximité de Sadie était un enfer. Il aurait aimé qu'elle reste chez lui, dans son appartement. Dans son espace. Dans son lit. Mais il savait qu'elle serait plus en sécurité ici, où Fletch pourrait l'aider à garder un œil sur elle. Il essaya de se dire qu'un jour, elle emménagerait de nouveau dans son appartement, avec lui... par choix.

Il n'avait pas menti. Il désirait Sadie Jennings. Il voulait l'épouser. Il voulait l'attacher à lui si fort que non seulement elle ne *voudrait* pas le lâcher, mais elle ne le pourrait pas non plus. Il la désirait plus qu'il n'avait presque jamais désiré quoi que ce soit au cours de sa vie.

Il espérait juste que Sean Taggart ne ressentirait pas le besoin de le castrer quand il découvrirait à quel point il protégeait le corps de sa nièce de près.

CHAPITRE TROIS

Sadie était en train de préparer le déjeuner dans la cuisine du petit appartement, essayant d'éviter Chase et de comprendre exactement ce qu'il se passait entre eux lorsqu'il vint pour l'aider. La cuisine n'était pas assez grande pour eux deux, mais il ne sembla pas le remarquer... ni s'en soucier.

Lorsqu'elle se retourna pour ouvrir le réfrigérateur, elle se heurta contre son torse. Il posa ses mains sur ses hanches et lui sourit en disant :

— Excuse-moi.

Trois minutes plus tard, lorsqu'elle tendit la main vers la poignée de l'un des placards pour prendre une assiette, Chase était là, sa main couvrant la sienne tandis qu'il l'écartait doucement et qu'il la prenait pour elle.

Quelques minutes après cela, lorsqu'il posa ses mains sur ses hanches et la mit sur le côté pour pouvoir se servir de l'évier, Sadie en eut assez.

— Chase, cette cuisine n'est pas assez grande pour qu'on y soit tous les deux. Je m'en charge. Va... t'asseoir ou faire autre chose.

Il resserra ses doigts et Sadie aurait juré qu'elle pouvait sentir ses cuisses contre les siennes.

— Je veux aider, Sparky.

— Ce ne sont que des sandwichs, dit-elle tout en fermant les yeux et en priant pour qu'il s'écarte avant qu'elle ne fasse quelque chose de stupide, comme se retourner et se jeter sur lui. Peut-être que tu devrais parler à TJ pour voir comment va Milena ? demanda-t-elle, essayant de penser à quelque chose qu'il puisse faire *hors* de la cuisine.

— Je peux faire ça, dit doucement Chase. Puis, il se pencha près d'elle et murmura quelque chose à son oreille, sa respiration chaude contre son cou faisant apparaître la chair de poule le long de ses bras.

— J'aime la mayonnaise dans mon sandwich.

Merde, elle s'était tellement fait avoir. Son corps réagissait comme s'il avait dit qu'il voulait lui arracher ses vêtements et la prendre juste là, dans la cuisine, et non pas ce qu'il voulait pour le déjeuner.

Elle ne pouvait pas sortir ce qu'il avait dit plus tôt de son esprit.

Tu es à moi. Et je vais m'assurer personnellement que ce connard disparaisse de la surface de la Terre pour qu'il ne puisse plus regarder ce qui m'appartient. Pour qu'il ne puisse plus toucher ce qui m'appartient. Pour qu'il ne puisse même plus penser à ce qui m'appartient. Puis, quand il sera mort, je t'épouserai, et je passerai le reste de ma vie à m'assurer qu'aucun autre connard ne pense qu'il peut faire la même chose.

Ces mots étaient tout aussi choquants à ce moment-là qu'auparavant. Il n'avait rien fait d'inapproprié depuis, et il n'en avait pas reparlé. Mais la distance qu'il avait maintenue entre eux lorsqu'elle était allée chez lui avait disparu. Il l'avait touchée constamment depuis qu'il avait déclaré qu'elle était à *lui*. Effleurant son épaule de la sienne. Lui touchant la main de la sienne lorsqu'ils marchaient l'un à côté de l'autre. Si elle était honnête envers elle-même, elle ne pouvait qu'admettre qu'elle adorait son contact, même si elle n'était pas sûre de savoir comment elle devrait répondre, et cela la désorientait.

Sadie acquiesça avec raideur à ce commentaire à propos de la mayonnaise et retint sa respiration jusqu'à ce qu'il recule et que ses mains lâchent ses hanches.

Elle ne relâcha l'air qu'elle avait retenu que lorsqu'il sortit de la cuisine. Elle termina les sandwichs avant d'en sortir également. Elle posa l'assiette contenant le sandwich de Chase à côté de son coude droit et alla s'asseoir de l'autre côté de la petite table.

— Assieds-toi ici, ordonna Chase sans dureté dans la voix. Je veux te montrer ce que TJ a envoyé.

Il désigna l'ordinateur portable ouvert qui se trouvait en face de lui.

À contrecœur, sachant qu'elle n'avait pas eu assez de temps pour consolider ses défenses contre lui, Sadie posa son assiette et rapprocha sa chaise. L'odeur délicieuse qui émanait de Chase remplit ses narines et elle essaya de contenir la réaction de son corps. Cuir et menthe poivrée.

Le cuir était facile à comprendre, à cause de la veste qu'il avait retirée quand ils étaient arrivés à l'appartement. Mais la menthe poivrée était plus difficile à expliquer. Elle ne l'avait pas vu manger de bonbon à la menthe et elle ne pensait pas qu'il était le genre d'homme pouvant porter la *moindre* eau de Cologne, et encore moins si elle sentait la menthe poivrée.

Une fois qu'elle fut installée sur son siège, Chase

tendit le bras et approcha sa chaise, puis tourna l'ordinateur portable pour qu'elle puisse en voir l'écran.

Un e-mail de TJ était ouvert. Elle parcourut rapidement le court message.

Chase,

Les choses sont calmes en ce moment. Milena et TJ vont bien. Ne le dis à personne, mais elle est enceinte. Nous sommes plus que ravis, et Milena voulait que je m'assure que Sadie le sache.

Nous n'avons ni vu ni entendu parler de Jonathan, mais j'ai essayé de garder un œil ouvert depuis que le FBI a reçu un tuyau indiquant qu'il avait été aperçu dans la région. J'apprécie que tu aies impliqué ton officier commandant et le général de la base dans ce qu'il s'est passé à l'école... J'ai été officiellement disculpé de toutes conséquences pour le meurtre de Jeremiah.

Oh... et s'il te plaît, remercie Sadie de ma part à nouveau. Elle n'avait pas à rester une fois que l'école a été fermée. C'est quelqu'un de bien et elle est toujours la bienvenue chez nous. C'est une sacrée dure à cuire et je suis ravi que Milena ait une amie comme elle.

~TJ

PS : Dis à Sadie que Milena veut qu'elle soit à nos côtés au mariage. Nous n'avons pas encore de date, mais dès que Jonathan sera arrêté, elle devrait se préparer à revenir ici, car je n'attendrai pas une seconde de plus que nécessaire pour faire officiellement de Milena ma femme.

Sadie déglutit difficilement pour essayer de retenir ses larmes. Elle n'avait fait que ce que Milena aurait fait pour *elle* si les rôles avaient été inversés.

— Est-ce que tu as répondu ? demanda-t-elle à Chase, essayant de garder une voix normale.

Cela ne lui ressemblait pas. Elle ne s'écroulait pas.

Il la regarda un long moment, mais finit par hocher la tête.

— Oui. Je lui ai passé le bonjour de ta part et je lui ai dit que tu t'inquiétais pour Milena. Je lui ai aussi dit que j'étais d'accord sur le fait que tu es une dure à cuire, mais que j'étais en colère de ne pas t'avoir trouvée avant que Jonathan ait l'occasion de te toucher.

— Je ne suis pas plus dure à cuire que qui que ce soit d'autre l'aurait été dans une telle situation. J'ai juste fait ce qu'il y avait à faire.

Elle prit son sandwich et ouvrit la bouche pour le mordre. Ses yeux s'égarèrent vers Chase et elle s'arrêta à mi-chemin vers son sandwich face à l'expression de son visage.

— Quoi ?

— Comme tu ne voulais pas me dire ce qu'il s'est passé dans cette pièce, j'ai mené l'enquête de mon côté.

Sadie pâlit, mais elle refusa de mordre à l'hameçon que Chase lui présentait. Il se pourrait qu'il soit en train de bluffer. Il pourrait ne pas savoir ce qu'elle avait fait. Mais ce qu'il dit ensuite réduit ses espoirs à néant.

— Tu as fait une déclaration complète aux Fédéraux. J'ai tiré quelques ficelles et j'ai obtenu une copie.

— Tu n'avais pas le droit, dit Sadie en baissant les yeux sur son sandwich plutôt que de regarder l'homme à côté d'elle. Elle n'avait jamais voulu que qui que ce soit sache tout ce qu'il s'était passé entre Jonathan et elle.

Quelque chose lui vint à l'esprit à ce moment-là. Elle releva soudain la tête et regarda Chase d'un air paniqué.

— Tu ne l'as pas dit à mon oncle ou à TJ, pas vrai ?

Seuls les Fédéraux savaient ce qu'elle avait traversé pendant les heures où elle avait été coincée seule avec Jonathan Jones. Et elle avait eu l'intention que cela demeure ainsi.

Mais même les Fédéraux n'étaient pas au courant de *toute* l'histoire.

— Non, Sparky, je ne l'ai dit à personne.

Il tendit la main et lui tourna le menton de façon qu'elle n'ait d'autre choix que de le regarder dans les yeux.

— Pourquoi ? Pourquoi est-ce que tu as fait ça ? Tu aurais pu t'enfuir. Tu en as eu l'occasion.

— Il était hors de question que je laisse Milena à l'école avec Jonathan et son père. Quel genre de personne est-ce que je serais si je la laissais endurer les conséquences de ma fuite ?

Chase passa une main dans ses cheveux et posa sa paume chaude sur le côté droit de son cou.

— Dis-moi ce qu'il s'est passé, ordonna-t-il.

— Tu le sais déjà, protesta-t-elle.

— Dis-le-moi quand même.

Sadie se débattit contre elle-même. Elle voulait mettre tout cela derrière elle, mais comment pourrait-elle le faire alors que Jonathan était encore en train de la rechercher ? Alors qu'elle vivait dans l'appartement de quelqu'un d'autre et qu'elle était surveillée pour sa propre protection ? Elle ne serait pas capable de laisser tout cela derrière elle tant qu'elle ne serait pas certaine que Jonathan n'apparaîtrait pas de nulle part et ne la forcerait pas à faire ce dont il l'avait menacée.

— Je me suis réveillée quand les effets de la drogue que Jonathan nous a donnée pour nous assommer se sont estompés et j'ai vu Milena à côté de moi, encore inconsciente. Il nous avait détachées alors je me suis levée ; je suis tombée une ou deux fois avant de retrouver l'équilibre et je me suis approchée de la fenêtre. Je me suis rendu compte que nous étions à l'école et j'ai essayé d'établir un plan pour nous faire sortir de là. J'aurais pu passer par la fenêtre et disparaître dans la nuit, mais je ne pouvais pas abandonner Milena toute seule. Puis, j'ai entendu Jonathan et son père parler non loin de là.

Sadie frissonna, détestant se souvenir de l'impuissance qu'elle avait ressentie.

— Ils parlaient de la façon dont Jeremiah allait emmener le fils de Milena au Mexique et créer une nouvelle école, pas vrai ? demanda Chase.

Sadie acquiesça.

— Oui. Puis Jeremiah a demandé à Jonathan s'il pensait qu'il serait capable de « bander » assez longtemps pour me féconder. Jonathan a dit à son père qu'il avait soulevé mon tee-shirt et regardé mes seins et que, même s'ils étaient bien trop gros, il pouvait fermer les yeux et imaginer les bébés que je lui donnerais, et que cela lui permettrait sans aucun doute d'avoir une érection.

Prenant une grande inspiration, Sadie ferma les yeux, essayant de contrôler la nausée qui la submergea presque à l'idée que Jonathan Jones ait regardé son corps alors qu'elle était inconsciente. De tout ce qu'il avait fait, rien que cela avait le pouvoir de la briser.

Enfin, ça, et ce qu'il lui avait dit quand il l'avait menottée au lit, dans l'une des chambres de l'école.

— Tu es parfaite, dit doucement Chase.

Les yeux de Sadie s'ouvrirent et elle fixa Chase du regard.

— Tu n'es pas trop grosse. Tes seins sont parfaits.

Elle ne fut pas sûre de savoir comment répondre, mais l'humour finit par l'emporter. Sadie leva les yeux au ciel et gloussa avant de répondre.

— Merci. Je suppose.

Ils échangèrent un sourire avant que Chase ne dise :

— Continue. Quoi d'autre ?

Sadie soupira. Elle ne lui dirait que ce qu'elle avait dit aux Fédéraux, omettant ce qu'elle n'avait jamais dit à qui que ce soit, et dont elle avait juré de ne jamais parler.

— Jeremiah a dit qu'il reviendrait sur sa décision d'obliger Jonathan à aller au Mexique avec lui s'il était d'accord pour lui donner davantage de mes bébés par la suite. Ils ont commencé à se disputer à ce propos, bruyamment, et Jonathan a menacé de faire du mal à Milena. Alors je me suis assurée qu'ils sachent que j'étais réveillée en tambourinant à la porte. Ça les a distraits ; Jonathan est entré et m'a traînée hors de la pièce. C'est tout. C'est tout ce que j'ai fait.

— C'est tout ? dit Chase d'un air incrédule. Tu aurais pu sortir de là en douce pendant qu'ils se disputaient. Mais tu ne l'as pas fait. Tu es restée. Et de toute évidence, tu as contrarié Jonathan jusqu'à ce qu'il décide qu'au lieu de disparaître avec toi immédiatement, il prendrait le temps de te violer à ce moment-là ! Tu n'aurais pas dû le contrarier, Sparky. Ce n'était pas très malin.

— Je sais, je sais. Il en a eu assez que je me débatte et que je lui réponde alors il m'a rattachée. Je suppose qu'il attendait que son père finisse ce qu'il était en train de faire avec Milena. Il... Il m'a assommée et... quand je me suis réveillée, il s'est amusé à essayer de m'effrayer en me disant comment serait mon avenir. Ensuite, il m'a traînée dans une pièce où son père détenait Milena et JT. Ils se sont dit au revoir et... Jonathan m'a emmenée dans cette pièce, celle dont tu m'as vue sortir en courant. Si tu penses que tu es un expert, qu'est-ce que j'aurais dû faire différemment, Chase ?

Chase la regarda un long moment. Elle essaya de ne pas se sentir coupable pour ce qu'elle avait omis de son récit, mais elle ne voulait pas penser à ce qu'elle avait fait. Elle ne voulait certainement pas le raconter à Chase. Elle ne détourna pas le regard, lui indiquant ainsi qu'elle voulait vraiment savoir ce qu'il pensait qu'elle aurait dû faire.

Voyant qu'il ne répondait pas immédiatement, elle demanda :

— Chase ?

Les lèvres de ce dernier étaient fermement pincées en une ligne sinistre et il secoua finalement la tête.

— Je ne sais pas.

Sa réponse choqua Sadie. Elle avait été certaine qu'il lui dirait qu'elle aurait dû fuir, ou essayer de se cacher, ou essayer de trouver une arme... ou quelque chose.

Il poursuivit.

— Si j'avais été à ta place, j'aurais probablement fait la même chose. En particulier s'il s'agissait de protéger JT. Cela dit, je n'aime pas le fait que tu aies dû te mettre en danger. Et je prie pour que tu ne te retrouves plus jamais dans une situation comme celle-là.

— Parce que je suis une femme ?

Sadie savait ce que Chase pensait à propos des femmes en situation de combat. Il y était opposé. Ils en avaient déjà parlé ; cela l'avait irritée à l'époque et cela l'irritait encore à ce moment-là.

— Je sais que tu ne comprends pas et que tu n'approuves pas mon point de vue sur ce sujet, Sparky, commença-t-il. Mais est-ce que tu vas me laisser te dire pourquoi je le pense ? Et ne pas m'interrompre pour essayer de me faire changer d'avis cette fois ?

Sadie rougit. C'était *effectivement* ce qu'elle avait fait la dernière fois. Chaque fois qu'il avait commencé à expliquer le fil de sa pensée, elle lui avait coupé la parole. C'était puéril de sa part et elle le regrettait. Elle voulait en savoir plus à propos de lui en tant que personne, y compris ses principes.

— Oui.

— Tu sais que je fais partie des forces antiterroristes.

Elle acquiesça.

— Et tu sais que ma sœur a été piégée dans ce

coup d'État en Égypte, il y a quelque temps, pas vrai ?

Sadie acquiesça à nouveau.

— D'accord. J'ai été déployé à l'étranger peu après cela. J'avais demandé à être rattaché à une unité des Forces Spéciales, une équipe d'hommes de la Delta Force. Je voulais comprendre Ghost un peu mieux étant donné que, de toute évidence, nous ferions un jour partie de la même famille. L'équipe dans laquelle j'ai été intégré a reçu des informations à propos de la localisation d'une soldate qui avait été enlevée. Elle était chauffeuse de camion. Elle s'occupait de ses affaires. Elle n'avait pas du tout un poste de combat. Mais parce que c'était une femme, c'est ce convoi qui a été choisi. Ils ont tué les hommes qui étaient avec elle et l'ont enlevée. L'équipe de la Delta Force a eu des informations indiquant l'emplacement où elle était séquestrée et nous y sommes allés.

Sadie sentit un malaise dans sa poitrine à propos de ce qui allait suivre. Elle posa une main sur la cuisse de Chase en signe de soutien. Il la couvrit de la sienne et continua de parler comme s'il ne se rendait pas compte de ce qu'il avait fait.

— Tout le monde sait que les États-Unis n'ont pas de repos tant qu'ils n'ont pas fait ce qu'ils pouvaient pour récupérer leurs soldats disparus au combat. L'ennemi comptait là-dessus. Ils ont intentionnellement permis la fuite à propos de l'emplacement de la femme, puis ils nous ont guettés. Nous sommes partis, et avant que nous puissions nous approcher des coordonnées, les Hummers dans lesquels nous étions ont explosé en mille morceaux. Les terroristes ne se sont même pas attardés pour s'assurer que nous étions morts. Il y avait des membres et du sang partout. Les hommes que j'avais appris à connaître et à respecter avaient disparu d'un coup, comme ça.

Il claqua des doigts, le son faisant sursauter Sadie sur son siège.

— De ce que je pouvais voir, il n'y avait qu'un homme encore en vie à côté de moi. Mais je ne pensais pas qu'il soit possible qu'il survive. Il était coincé sous un des véhicules et il saignait abondamment. Je n'étais certainement pas en état de l'aider. Je me suis évanoui, et quand je me suis réveillé, l'homme avait disparu. Je suppose que les terroristes sont revenus, l'ont trouvé et l'ont fait prisonnier. J'ignore complètement ce qui lui est arrivé, car, étant donné que je ne faisais pas officiellement partie de l'équipe, je n'ai pas eu l'autorisation d'en être informé. J'ai essayé de le chercher dans le système de l'armée quand je suis revenu, mais je n'ai pas l'autorisation.

— Mais tu es un officier, non ? protesta Sadie, le cœur brisé.

— Oui, mais ça ne veut pas nécessairement dire que j'obtiendrai les informations, même si je travaillais avec l'équipe, en particulier parce qu'il fait partie de la Delta Force.

— Comment t'en es-tu sorti ? demanda Sadie en resserrant sa main sur sa jambe.

— Une autre unité de l'armée a fini par passer par là, a vu le carnage et m'a trouvé.

— Est-ce que ta sœur est au courant ?

— Personne n'est au courant. Je ne l'ai pas raconté à qui que ce soit. À part toi. Rayne sait que j'ai été blessé, mais je ne lui ai pas fait savoir à quel point j'avais été près de la mort. Enfin bon, ce que je veux dire, c'est que je n'ai aucun problème à l'idée que les femmes soient dans l'armée. De bien des façons, je pense qu'elles font de meilleurs soldats que les hommes. Elles sont plus raisonnables et prudentes, ce qui peut être une bonne chose quand tu es face à des situations instables.

— Mais ? demanda Sadie.

— C'est *mon* opinion, dit Chase. Pas mon point de vue militaire officiel. D'abord, il y a une question de capacité physique. Il y a certaines tâches, y compris des positions de combat, qui ne sont tout simplement pas adaptées aux femmes. Pas à cause de quelque chose qu'elles ont fait ou n'ont pas fait, mais à cause de la constitution physique. Certaines femmes pourraient se blesser uniquement à cause des exigences physiques. Mais il a autre chose. La menace d'être maltraité par l'ennemi est toujours un problème.

Il leva une main pour anticiper l'argument qu'il voyait arriver.

— Je suis conscient que les hommes courent un risque d'être torturés et violés tout autant que les femmes, mais le fait est que les terroristes misogynes pourraient être plus enclins à maltraiter des prisonnières. Ce n'est pas la faute de la femme, ce n'est pas du tout ce que je dis, mais la possibilité est bien réelle. C'est arrivé à ma propre sœur quand elle a été faite prisonnière en Égypte. Et c'est arrivé à cette chauffeuse de camion que l'unité de la Delta essayait de sauver.

Sadie ne savait pas quoi répondre. Elle était vraiment déconcertée. Elle avait rencontré d'incroyables soldates lorsqu'elle avait travaillé chez McKay-Taggart. Et elle savait qu'elles luttaient toute leur vie pour leur droit à défendre leur pays de la même manière que les hommes. Elle comprenait que pour quelqu'un comme Chase, l'idée qu'une femme soit maltraitée, qu'il s'agisse de sa sœur ou de quelqu'un d'autre, devait être une forme de torture en soi, mais elle se débattait encore contre son point de vue. Cependant, elle pouvait admettre que plus un homme était honorable, plus le genre de situation qu'il avait décrite devait sembler odieuse.

Comme s'il pouvait lire ses pensées, Chase dit :

— Je suis un homme traditionnel. Je ne peux pas m'en empêcher. J'ai eu des femmes pour officiers supérieurs et j'avais un sacré respect pour elles. Mais si j'allais au combat avec l'une d'entre elles... Je me connais. Je vérifierais constamment qu'elle n'est pas dans la ligne de tir et je ferais tout le nécessaire pour m'assurer qu'elle ne tombe pas aux mains de l'ennemi.

— Mais tu ne penses pas qu'elle ferait la même chose pour toi ? demanda Sadie. Je sais que je ferais n'importe quoi pour aider l'un de mes oncles ou les hommes et les femmes qui travaillent à McKay-Taggart, si je me trouvais dans une situation instable.

— Je sais que tu le ferais. Mais à quel point penses-tu que ton oncle serait efficace s'il s'inquiétait constamment que tu sois blessée ?

— Mais et *moi* ? demanda-t-elle à nouveau,

essayant de retourner son argument. Si j'étais dans une situation où Sean ou Ian, ou qui que ce soit de McKay-Taggart était en danger, tu ne penses pas que je serais également inquiète à l'idée que l'un d'eux soit blessé ? Tu ne vois pas les choses du bon angle, Chase. Je sais que tu es protecteur, et en réalité, c'est quelque chose que j'apprécie chez toi, mais si la seule personne te séparant de la mort était une femme, est-ce que tu ne voudrais pas qu'elle soit là pour t'aider ? Pour te permettre de rentrer à la maison pour revoir ta sœur et ceux que tu aimes ? Tu sais que les hommes peuvent être violés aussi s'ils sont faits prisonniers et que ce serait tout aussi horrible pour eux que pour une femme. Peut-être même *plus* parce que les hommes n'ont pas pour habitude de s'inquiéter de ce genre de choses dans leur vie quotidienne.

Sadie savait que les croyances de Chase venaient d'une inquiétude pour le sexe opposé, et non pas parce qu'il se sentait supérieur ou qu'il voulait le pouvoir et le contrôle sur les femmes. Il ne s'était pas plaint à propos du petit pistolet rose dans son sac à main qu'elle emportait partout. Il n'avait pas râlé lorsqu'elle avait voulu être tenue au courant des informations à propos de Jonathan et de sa localisation. Mais elle pensait quand même qu'il avait tort.

— Jonathan pourrait te l'avoir fait à toi, dit Chase, sans répondre à ce qu'elle avait dit. Si les choses s'étaient passées autrement, il aurait pu t'utiliser comme monnaie d'échange, car il savait sans le moindre doute que nous ne ferions rien qui puisse te blesser. Alors, si tu devais revivre cette journée où tu as été enlevée ? Je n'ai pas la moindre idée de ce que tu aurais pu faire différemment. Ça me fait horreur que tu aies été en danger et ça me rend fou de penser que tu as été attachée à un lit, à sa merci. Le résultat de cette journée aurait pu être différent si tu n'avais pas fait ce que tu as fait. Si tu n'avais pas été là pour distraire Jonathan pendant que Jeremiah s'occupait de Milena et JT. Mais que je sois maudit si tu dois vivre une telle chose à nouveau.

— Je ne veux pas non plus me retrouver un jour dans une situation comme celle-là, Chase, mais je le répète, si Jonathan t'avait pris en otage, je n'aurais rien fait qui puisse te blesser non plus. Ce n'est pas une question de sexe. C'est une question d'intelligence et d'utilisation des compétences acquises pour se sortir d'une situation.

Chase n'en convint pas, mais il ne désapprouva pas non plus.

— Penses-y, au moins, dit-elle.

— Tu es plutôt douée pour débattre, dit Chase en souriant.

— J'ai fait partie de l'équipe de débat pendant un semestre, à l'université, lui dit-elle.

Décidant de proclamer une sorte de trêve, Sadie n'insista pas. Elle n'allait pas laisser tomber l'affaire, mais elle lui donnerait du temps pour penser à ce qu'elle avait dit. Elle n'aimait pas qu'ils ne soient pas du même avis. Même si elle n'avait aucun problème pour défendre ce en quoi elle croyait, elle préférait quand Chase et elle étaient d'accord. Il était drôle, intelligent, et lorsqu'il utilisait son charme, elle pouvait oublier qu'elle vivait presque avec lui parce qu'elle était en danger.

Chase Jackson lui plaisait. Il était honorable et il lui rappelait beaucoup ses oncles... mais pas dans le sens familial du terme. Chase savait cuisiner, n'était pas négligé, avait une bonne conscience profession-nelle et il était proche de sa sœur. Tout cela était positif d'après elle.

Pour faire court, si elle n'avait pas été en train de se cacher de Jonathan et des folies qu'il voulait qu'elle fasse, elle aurait été ravie de passer du temps avec Chase et ses amis. Peut-être qu'elle essaierait même de trouver un moyen de suivre sa folle atti-rance pour le capitaine de l'armée. De toute évidence, il ressentait la même chose. Ce n'était pas vraiment le bon endroit et le bon moment, mais au moins, sa famille lui avait appris à aller chercher ce qu'elle désirait. Et ce qu'elle désirait, c'était voir si l'attraction sexuelle entre elle et Chase était aussi explosive qu'elle le semblait.

Elle ouvrit la bouche pour changer de sujet vers quelque chose de moins tendu, et de plus charmeur, quand quelqu'un frappa à la porte.

CHAPITRE QUATRE

Lorsque Sadie commença à se lever, Chase l'arrêta en posant une main sur son épaule.

— Ne bouge pas. J'y vais.

Il attendit qu'elle acquiesce puis se dirigea vers la porte. Chase n'arrivait pas à croire qu'il lui avait parlé de l'incident qui avait eu lieu à l'étranger. Il ne s'en était toujours pas remis et savait qu'il était un autre homme en conséquence. Il savait également que beaucoup de soldates compétentes lui botteraient les fesses si elles soupçonnaient qu'il ne voulait pas qu'elles s'approchent d'une zone de combat, mais il ne pouvait pas s'empêcher de penser comme elles pouvaient être facilement torturées et maltraitées si elles étaient capturées et à tout ce que les hommes comme ceux de l'équipe de la Delta Force qui étaient morts feraient pour les secourir.

Mais il comprenait également ce que Sadie disait. Il connaissait la réputation des opérateurs de McKay-Taggart. Les femmes étaient tout aussi impressionnantes que les hommes et il savait qu'elles iraient, et qu'elles étaient allées, aussi loin que les équipes de la Delta Force qu'il avait rejointes pour secourir soldats et civils.

Passant une main dans ses cheveux, il sut qu'à un moment ou à un autre, il devrait dire à Sadie qu'elle avait raison. Les femmes étaient plus que capables de botter les fesses, et il était tout aussi probable qu'elles se plient en quatre pour protéger les hommes qui combattaient à leurs côtés. Il s'agissait d'une nouvelle façon de penser pour lui, mais Chase était disposé à se montrer ouvert d'esprit si cela signifiait qu'il se rapprocherait de Sadie.

Il regarda par le judas et sourcilla en voyant qui était de l'autre côté de la porte. Il s'était attendu à ce que ce soit Fletch, ou peut-être même sa sœur, mais il aurait dû savoir qu'il aurait cette visite tôt ou tard.

Chase se redressa et au lieu d'ouvrir immédiatement la porte, il fit signe à Sadie.

— Il faut que tu vives ça toi-même.

Perplexe, elle se leva et se rua presque à ses côtés.

Chase ouvrit la porte d'un grand geste et rit dans sa barbe lorsque Sadie resta bouche bée.

— Salut ! dit joyeusement la fille de Fletch lorsqu'elle les vit. Je m'appelle Annie. Je vis à côté. Fletch est mon papa. Je voulais venir et voir si vous utilisiez votre télé.

— Euh…

Sadie se tourna vers Chase.

Il la prit en pitié et s'agenouilla pour être au même niveau qu'Annie.

— Tu te souviens de moi, pas vrai, petite ? Rayne est ma sœur.

La petite fille écarquilla les yeux.

— Oh oui ! Est-ce que tu es plus jeune ou plus vieux ?

— Plus jeune.

— Est-ce que tu aimais avoir une grande sœur ?

— Ouaip.

— Je veux un petit frère. Genre, *vraiment*, mais Maman dit que je dois avoir de la patience. Mais je le veux *maintenant* pour pouvoir jouer avec lui. Maman a un bébé dans le ventre, mais on ne sait pas si ce sera un frère ou une sœur.

Chase ravala son rire. Annie était tellement honnête. Il n'eut pas le cœur de lui dire que quand Emily aurait le bébé et qu'il ou elle serait assez grand pour vouloir jouer, elle ne voudrait probablement rien avoir à faire avec lui, car elle serait une adolescente.

— Ça sera une bonne surprise dans les deux cas, dit-il à la petite fille.

— Je suppose. Alors... est-ce que vous êtes en train d'utiliser votre télé ?

Chase leva les yeux vers Sadie.

— Est-ce que nous sommes en train d'utiliser notre télé ?

— Euh... non. Nous venons juste de finir de manger.

— Cool.

Et à ces mots, Annie passa à côté de Chase et se dirigea directement vers le salon. Elle prit la télécommande de la table basse, alluma la télévision et passa d'une chaîne à l'autre avant de se décider pour un épisode de *Power Rangers*. Elle grimpa sur le canapé, leva les genoux contre sa poitrine et se perdit dans le dessin animé.

— Bon, eh bien d'accord, dit Sadie en fixant la petite fille du regard. Est-ce qu'on devrait appeler ses parents et leur dire qu'elle est ici ?

Chase ferma la porte et se tourna vers elle.

— Pas besoin. Ils savent qu'elle est ici.

— Comment le sais-tu ?

— Car si c'était *ma* petite fille, je serais au courant de chaque pas qu'elle fait en dehors de chez moi. Je ne la laisserais jamais se balader autrement. De plus, Fletch a des caméras sur toute la propriété.

— Oh, c'est vrai. Je me souviens que tu me l'as dit.

— Oui. J'allais proposer un peu plus tôt que nous appelions ma sœur pour lui demander si elle voulait se joindre à nous pour une petite séance de shopping. Je sais que ta tante t'a préparé plus d'affaires, mais je me disais que ça ne te dérangerait pas d'aller faire du shopping quoi qu'il en soit. Et je suis presque certain que tu n'aimerais pas y aller avec moi, car je ne fais pas de shopping, pas en personne. J'achète tout ce dont j'ai besoin en ligne. Mais étant donné qu'Annie est ici pour Dieu sait combien de temps, et que je ne vais pas interrompre Fletch pour le lui demander, car je suppose qu'il profite du fait que sa fille soit hors de la maison et qu'il est occupé à faire autre chose, ce qui est exactement ce que je ferais à sa place, pourquoi est-ce qu'on ne reste pas ici un moment en regardant *Power Rangers,* et quand Annie partira, j'appellerai ma sœur ?

Sadie leva les yeux vers lui d'un air choqué.

— Tu veux aller faire du shopping ? Avec moi ?

Je pensais que nous devions faire profil bas pour que Jonathan ne me trouve pas ?

— Quand j'ai dit que nous irions faire du shopping, je ne voulais pas dire que nous allons sautiller joyeusement à Temple, nous exposant à tout ce que Jonathan voudra nous lancer. Je sais que tu détestes être confinée et ce mois-ci n'a pas vraiment été de tout repos. J'essaie de faire d'une pierre deux coups... te laisser sortir de l'appartement un moment tout en m'assurant que je te couvre. À moins que tu ne veuilles parler, cela dit. Nous pouvons parler de ce que tu as omis de ton histoire à propos de ce qu'il s'est passé entre Jonathan et toi...

Il laissa sa phrase en suspens.

— Le shopping me semble parfait, s'exclama Sadie en feignant un ton enjoué.

Sa réaction indiqua à Chase qu'elle avait *bien* omis quelque chose. Il détestait cela, mais il n'allait pas insister... pour l'instant.

— C'est bien ce que je pensais.

Il baissa la voix.

— Ça ne me dérange pas que tu ne veuilles pas en parler... mais cela ne veut pas dire que je vais arrêter d'essayer de le découvrir. Et il faut que tu le saches, j'étais sérieux plus tôt, Sparky. Tu es à moi.

Face à l'air choqué de Sadie, Chase espéra

qu'elle comprenait ce qu'il voulait dire. Il ne désirait pas et n'avait pas besoin d'une relation dominant/soumise, mais il voulait prendre soin de Sadie. S'assurer qu'elle avait tout ce dont elle avait besoin et tout ce qu'elle voulait, au lit et ailleurs. C'était ce qu'il voulait dire par le fait qu'elle était à lui. Et une partie de cela signifiait également découvrir ce qu'elle lui avait caché plus tôt.

Il voyait bien, d'après l'expression de son visage et les indices non verbaux, qu'elle avait omis quelque chose de son récit à propos du temps qu'elle avait passé avec Jonathan. Il n'avait pas insisté, espérant que plus le temps passerait depuis ce qui était arrivé à San Antonio et plus elle serait près de lui, plus elle se sentirait en sécurité. Mais il était évident que ce qu'il s'était passé entre Jonathan Jones et elle la hantait encore. Et il voulait savoir de quoi il s'agissait, mais il voulait qu'elle *ait envie* de le lui raconter. Qu'elle lui fasse confiance à ce sujet.

— Est-ce que tu as déjà vu un épisode de *Power Rangers* ? demanda Sadie en se retournant vers la télévision. C'est super violent, mais il y a toujours un bon message.

— Hummm, murmura Chase, la laissant changer de sujet.

Chase lui prit la main et s'émerveilla de nouveau

en la sentant dans la sienne. Il l'emmena vers le canapé et la fit asseoir.

— Je vais ramasser les assiettes. Reste là, ordonna-t-il lorsqu'elle commença à se relever.

Quarante-cinq minutes plus tard, quelqu'un d'autre frappa à la porte.

— J'y vais, dit doucement Chase, faisant signe à Sadie de rester assise. Même s'il était presque sûr qu'il s'agissait de l'un des parents d'Annie, il n'avait toujours pas l'intention de laisser Sadie se lever. Premièrement, elle était encore en danger, et deuxièmement, cela n'aurait tout simplement pas été galant.

Son père lui avait inculqué qu'il y avait certaines choses que les hommes faisaient, et cela incluait le fait que quand votre femme était à moitié endormie dans le canapé avec une enfant de sept ans blottie sur ses genoux, vous ne la faisiez *pas* se lever pour aller ouvrir la porte, vous ramener une bière ou vous faire à dîner.

Ses parents lui manquaient. Ils étaient morts trop tôt dans un accident aérien inhabituel pendant une croisière en Alaska, mais il n'avait pas réalisé jusqu'à ce moment précis les implications plus profondes de leur absence. Ils ne rencontreraient jamais la femme qu'il allait épouser. Ils ne connaîtraient jamais ses enfants, leurs petits-enfants. Et il n'aurait jamais la chance de dire à son père qu'il avait eu tout à fait raison quand il lui avait dit, il y a tant d'années, que quand il rencontrerait la femme qu'il voulait faire sienne, il le saurait immédiatement.

Chase se dirigea d'un pas raide et silencieux vers la porte de l'appartement et regarda à travers le judas. Fletch. Il ouvrit la porte en souriant.

— Salut.

— Jackson, dit Fletch avec un léger sourire. Ma gamine ne serait pas ici, par hasard ?

— Tu sais bien que si, dit Chase en s'écartant de la porte.

Fletch baissa la voix.

— Désolé. Je n'ai pas pu résister à l'occasion d'avoir ma femme pour moi tout seul un moment.

— C'est ce que j'ai pensé. Elle regarde *Power Rangers* avec Sadie.

Chase se retourna pour se diriger vers le petit salon, mais Fletch l'arrêta en posant une main sur son épaule.

Il désigna le salon.

— Comment va-t-elle ?

Chase secoua la tête et baissa la voix.

— De l'extérieur, bien. Mais je pense qu'il y a

quelque chose qui s'est passé quand elle était seule avec Jonathan dans cette école dont elle ne parle toujours pas. Nous savons qu'il voulait la faire tomber enceinte. Mais à part pour les cinq minutes avant qu'on la secoure, quand il a essayé de la menotter au lit, ce qui fait partie du rapport officiel, elle est très nerveuse à l'idée de parler du reste du temps qu'elle a passé seule avec lui. Elle dit qu'il l'a assommée une deuxième fois.

Fletch ouvrit la bouche comme s'il allait parler, puis il la referma.

— Quoi ?

— J'allais juste dire, peu importe de quoi il s'agit, vas-y doucement. Elle agit comme si elle pouvait affronter le monde toute seule, mais derrière tous ces mots et toute cette force, il y a une femme morte de peur.

— Tu crois que je ne le sais pas ? demanda Chase.

— Je vais te dire autre chose et j'espère que tu ne le prendras pas mal. Je ne te connais pas très bien, mais je sais que tu es le frère de Rayne et qu'elle ferait n'importe quoi pour toi. *N'importe quoi.* Rayne est intelligente de bien des manières, mais elle n'a pas non plus assez d'expérience pour voir ce que moi et les autres voyons. Quelque chose te ronge.

Tout comme ça ronge Sadie. Je ne suis pas sûr de savoir de quoi il s'agit ni quand c'est arrivé, mais tout comme tu sais que Sadie a besoin de vider son sac, toi aussi tu en as besoin.

— Je vais bien, dit immédiatement Chase.

Fletch leva la main.

— Oui, c'est ce que tout le monde dit, mais ce sont de sacrées conneries du début à la fin. Je ne dis pas que tu dois me le dire à *moi*. Ou à ta sœur. Mais tu dois trouver quelqu'un avec qui tu peux te décharger de cette merde. Tout entière. Pas juste les trucs superficiels. S'il y a une chose que j'ai apprise au cours des années dans l'équipe, c'est que si tu ne crèves pas l'abcès, il continue de s'aggraver.

Les deux hommes se fixèrent du regard sans ajouter un seul mot. Chase savait que Fletch avait raison, mais il n'était pas encore vraiment prêt à parler à qui que ce soit d'autre de l'équipe de la Delta Force qui avait été tuée. Il n'était pas sûr de savoir pourquoi il en avait parlé à Sadie, mis à part le fait que cela lui semblait être la bonne chose à faire. Les hommes bons qui avaient explosé juste devant ses yeux. Ils avaient des familles... des enfants. Pourquoi avait-il survécu et pas eux... Cela n'avait eu aucun sens pour lui à l'époque et n'avait aucun sens à présent non plus.

Il acquiesça en direction de Fletch. Un bref mouvement de la tête.

Fletch le lui rendit et lui donna une tape dans le dos.

— Bon, alors... mon petit singe vous a posé un problème ?

— Bien sûr que non. Tu ne dois pas avoir une minute à toi, cela dit, lui dit Chase.

— Non. Et je n'échangerais ça pour rien au monde.

— Elle nous a informés du fait qu'elle voulait un petit frère... et fissa.

Fletch gloussa.

— Oui, elle nous le dit aussi tous les deux jours. Nous n'arrêtons pas de lui dire d'être patiente. Que le bébé dans le ventre de Maman n'a pas encore fini de grandir, mais elle n'a pas l'air de s'en préoccuper beaucoup.

— Tout va bien avec Em ? essaya de demander Chase avec délicatesse.

— Elle va bien. Le bébé évolue normalement. Et pendant ce temps-là, nous profitons à fond de sa libido, qui a beaucoup augmenté.

Chase gloussa.

— J'imagine. Mais fais attention...

— À quoi ?

— Je ne veux jamais savoir quoi que ce soit à propos de la vie sexuelle de ma sœur et Ghost. Ce serait juste trop d'information, tu vois ?

Fletch éclata de rire. Lorsqu'il reprit le contrôle de lui-même, il dit :

— Je le lui dirai.

— Je t'en suis reconnaissant.

— Papaaaaa !

Fletch eut juste assez de temps pour se retourner et ouvrir les bras avant qu'un petit paquet de cheveux ébouriffés et d'exubérance enfantine se jette dans ses bras.

— Salut, petit lutin. Tu t'amuses bien ?

Elle acquiesça contre son épaule.

— Oui ! Le monstre Maze a capturé les Power Rangers, mais Ryan a pu utiliser sa tête au lieu de ses armes et ils se sont libérés. Mais ensuite Fury a fait *pan pan pan*, et le ranger a tiré aussi, *pan pan pan*, et les méchants sont tous morts !

Fletch secoua la tête.

— Il va falloir qu'on te trouve un nouveau programme, petite.

Annie plissa le front et fronça les sourcils en levant les yeux vers lui.

— Pourquoi ?

— *Pan pan pan* ?

La petite fille gloussa.

Chase sourit en voyant le grand soldat de la Delta Force faire un câlin à la petite fille, jusqu'à ce qu'il tourne la tête et regarde Sadie.

Elle était debout à côté du canapé, les bras croisés sur sa poitrine et le regard vide. Les pieds de Chase bougèrent avant que son cerveau ne leur en donne l'ordre.

Il se plaça devant elle et lui demanda à voix douce :

— Sadie ?

Elle sursauta et leva brusquement les yeux vers lui.

— Oui ?

— Ça va ?

— Oui, oui.

— À quoi est-ce que tu pensais à l'instant ?

Elle haussa les épaules, mais dit à voix basse :

— Juste à quelques enfants de l'école de San Antonio.

Le regard de Chase s'adoucit ; il leva une main et caressa sa pommette du pouce.

Elle inclina très légèrement la tête.

— Ils étaient tellement innocents. Jeremiah et Jonathan les ont vraiment foutus en l'air. Ils leur ont fait un lavage de cerveau pour qu'ils pensent que ce qu'ils leur faisaient était normal. Que le sexe entre des adultes et des enfants était quelque chose de bien. Je me demande où ils sont à présent, avec qui ils vivent, ce qu'ils pensent. Ils doivent être tellement désorientés.

Chase n'était pas sûr de savoir quoi dire pour la faire se sentir mieux.

La voix de Fletch se fit entendre derrière Chase.

— Avec un soutien psychologique, avec un peu de chance, ils iront bien, Sadie.

Elle acquiesça, mais n'eut pas l'air convaincue.

— Pose-moi, Papa, dit doucement Annie.

Fletch se pencha et posa Annie sur ses pieds. La petite fille se dirigea immédiatement vers Sadie et enroula ses bras autour de sa taille. Elle posa sa tête sur le ventre de Sadie et se contenta de la tenir.

Chase observa le regard surpris de Sadie, qui passait de lui à Fletch et qui se posa enfin sur Annie. Il vit le moment où elle perdit le contrôle d'acier auquel elle s'était accrochée. Elle enroula ses bras autour d'Annie et laissa retomber sa tête. Chase fit un pas en direction d'elles deux et posa une main sur la tête d'Annie et l'autre sur le cou de Sadie. Ils restèrent ainsi plusieurs instants avant qu'Annie ne lève la tête et ne regarde la femme qu'elle entourait de ses bras.

— Tu te sens mieux ?

Sadie lui adressa un sourire branlant.

— Oui, merci, Annie. Ton câlin est incroyable.

— Je sais, dit Annie comme si elle savait que ses bras avaient des pouvoirs magiques et que ce n'était pas important. Tu veux voir mon soldat ? Avant, j'en avais deux, mais mon petit copain a l'autre. Il vit en Californie et un jour, nous allons nous marier.

— Quoi ?

Fletch intervint avant qu'Annie ne puisse s'expliquer.

— Pas maintenant, petite. Sadie et Jackson ont des choses à faire.

— Quelles choses ? demanda Annie en levant les yeux vers Sadie.

Sadie n'en avait pas la moindre idée, par conséquent, elle tourna un regard interrogateur vers Chase.

— Nous allons retrouver Rayne plus tard.

— Oooooh, ça fait une éternité que je n'ai pas vu Rayne ! s'écria Annie. Est-ce que je peux y aller aussi ? S'il te plaît, s'il te plaît, s'il te plaît, s'il te plaît ?

— Tu l'as vue il y a deux jours, Annie. Et non, tu ne peux pas aller avec Chase et Sadie. Nous devons aller à Fort Hood et jeter un œil à ce nouveau parcours d'obstacles… tu te rappelles ?

Sans un mot, Annie se détourna de Sadie et se rua vers la porte d'entrée. Elle l'ouvrit d'un coup sec et disparut.

Fletch gloussa. — Je savais que ça lui mettrait le feu aux fesses. Cette gamine adore les courses d'obstacles autant qu'un écureuil aime les noisettes.

Chase afficha un grand sourire.

— Enfin bon, merci d'avoir conservé un œil sur Annie ce matin. La plupart des membres de l'équipe sont partis, mais je pensais inviter Ghost et Rayne chez moi étant donné qu'ils sont dans le coin, et nous pourrions faire un petit barbecue ce soir, à la maison. Vous voulez venir ?

Chase se tourna vers Sadie.

— Étant donné que Fletch a la maison la plus grande, c'est généralement chez lui que l'on se réunit.

— Tu veux que je vienne ? demanda Sadie d'une voix hésitante.

— Pourquoi est-ce que je ne le voudrais pas ? demanda Fletch.

— Eh bien, parce que Jonathan veut me trouver, me kidnapper, et probablement me violer et me tuer, et il se fiche de qui se mettra sur son chemin pour le faire ? Ta femme et ta fille vont être là, pas vrai ? Je pourrais les mettre en danger.

Avant que Fletch ne puisse répondre, Chase entra dans l'espace personnel de Sadie et la mit dos au mur. Il posa ses mains sur sa taille et la tint fermement tout en disant :

— Personne ne va te kidnapper, Sparky. Le jardin et la maison de Fletch sont probablement les endroits les plus sûrs où tu puisses être... Les caméras sont toutes connectées à la montre de Fletch, il pourra donc savoir en une seconde si quelqu'un met un pied dans sa propriété. De plus, je serai là aussi. Je te protégerai.

— Si tu en es sûr... La dernière chose que je veux, c'est impliquer quelqu'un d'autre, en particulier une autre enfant, dans cette situation pourrie. C'est déjà assez mauvais que Jonathan et son père aient fait du mal à ces filles à Bexar, ensuite, ils ont impliqué JT dans l'histoire...

— Annie sera en sécurité, interrompit Fletch. Je sais que tu ne l'as jamais vue avant ce matin, mais elle sait prendre soin d'elle-même... plus que je ne le voudrais, en réalité. Ce n'est qu'un barbecue, Sadie. Quelques hommes et leurs femmes passant du temps ensemble, buvant des bières et mangeant quelque chose. Ne suranalyse pas.

— Dans ce cas, j'adorerais, dit Sadie. Son regard passa de Fletch à Chase, qui était encore dans son espace personnel.

— Super. On se voit plus tard, alors. Vers dix-sept heures ? demanda Fletch à Chase.

— Parfait.

Une fois que Fletch s'en fut allé, Sadie regarda Chase.

— Tu vas me laisser partir pour que je puisse me préparer à aller faire du shopping ?

Est-ce qu'il voulait la laisser partir ? Non, en réalité, il n'en avait pas envie.

— Non.

Elle eut l'air surprise un instant, puis l'agacement s'immisça en elle.

— Chase, recule.

Au lieu de faire ce qu'elle demandait, il fit un pas en avant jusqu'à ce que ses cuisses touchent les siennes. Il glissa une main dans le bas de son dos et l'attira contre lui jusqu'à ce que ses seins effleurent son torse.

Elle le regarda, les yeux écarquillés, l'air choqué et les sourcils froncés par la confusion. Elle leva les mains et agrippa son tee-shirt de chaque côté de sa taille.

— Chase...

— Jonathan ne va pas te toucher. Dis-moi que tu le croies, ordonna-t-il.

Sadie le poussa un moment, mais voyant qu'il ne desserrait pas sa prise, elle se contenta de soupirer.

— D'accord. Je te crois.

Il leva une main vers son visage et inclina son menton de façon qu'elle n'ait pas d'autre choix que de le regarder dans les yeux.

— Maintenant, dis-le comme si tu le pensais vraiment.

— Tu es exactement comme certains des hommes à McKay-Taggart, lui dit Sadie. Macho et dominant, certain que tu es superman et que rien ne peut t'atteindre. Flash spécial : tu ne peux pas le promettre. Les ennuis arrivent, je l'ai vu de mes propres yeux. Les gens sont blessés. Ils disparaissent. Chase, tu ne connais pas Jonathan. Tu ne sais pas comment il est. S'il veut me mettre la main dessus, il le fera. Tu ne peux pas me protéger toute la journée, tous les jours. Je finirai par devoir rentrer à Dallas. Retourner au travail, reprendre ma vie. Il va juste attendre. Reporter l'inévitable jusqu'à ce que tu ne sois plus près de moi.

Chase voulut réfuter immédiatement ses mots, mais il prit un moment pour examiner la femme dans ses bras avant de répondre. Ses mains agrippaient son tee-shirt comme s'il était la seule chose qui la maintenait en un seul morceau. Ses lèvres étaient pincées en une fine ligne et il voyait son pouls battre dans sa gorge. Sadie n'était pas en colère, elle était vraiment terrifiée.

— Dis-moi ce qu'il s'est passé dans cette pièce, Sparky, ordonna-t-il doucement.

Sadie secoua la tête.

— S'il te plaît ?

Elle baissa les yeux vers la droite, mais Chase ne relâcha pas son menton. Finalement, elle croisa à nouveau son regard.

— Je ne veux pas que tu aies une mauvaise opinion de moi.

— Sadie, je ne vais absolument pas avoir une mauvaise opinion de toi pour quoi que ce soit que tu aies pu faire ou ne pas faire dans cet enfer.

— J'ai une mauvaise opinion de moi.

L'estomac de Chase se serra. Il détestait cela. L'abhorrait.

— Tu n'as absolument aucune raison de penser de cette façon.

— Si, c'est le cas, lui dit-elle.

Chase la regarda un long moment puis dit :

— Et si nous ajournions cette conversation jusqu'à ce soir ?

Le soulagement sur son visage était facilement lisible.

— Oui.

— Nous allons aller faire du shopping avec Rayne. Dîner avec Fletch et Ghost. Et ce soir, quand nous serons de retour ici, détendus après une ou deux bières, nous discuterons. Ce sera plus facile.

— Ce ne sera pas plus facile, lui dit Sadie.

— Si. Fais-moi confiance. Parler de ce qui te pourrit l'esprit est beaucoup plus facile quand il fait sombre qu'à la lumière du jour.

Sadie leva brusquement le regard vers lui. Elle l'observa intensément un instant avant de murmurer :

— D'accord.

Puis, Chase attira la femme qui avait volé son cœur dans ses bras. Elle enfouit son visage dans son épaule et ils restèrent debout ainsi une minute ou deux. Appréciant simplement le fait d'être tenus l'un par l'autre.

— Il faut que j'appelle Rayne, dit Chase en s'écartant.

— D'accord.

— Je ne suis pas sûr de savoir combien de temps il lui faudra pour venir jusqu'ici.

— Est-ce que je peux aller m'allonger jusqu'à ce qu'elle arrive ? demanda Sadie.

— Bien sûr. Fais une sieste. Je te réveillerai quand il sera temps de partir.

Sans un mot de plus, Sadie fit un pas de côté et se dirigea vers la chambre.

Chase passa sa main dans ses cheveux. Sean Taggart lui avait demandé de le tenir au courant en ce qui concernait ce qu'il découvrait de la part de Sadie à propos de ce qu'il lui était arrivé. Son oncle savait aussi bien que lui que quelque chose devait s'être produit entre sa nièce et le fils de Jeremiah. Il ne serait pas fermement décidé à l'atteindre si ce n'était pas le cas. Quoi que ce soit, cela avait mis Sadie sens dessus dessous.

Il devrait attendre qu'elle lui raconte pour décider quoi communiquer à son oncle, s'il y avait quoi que ce soit à lui dire. Cet homme était mortel. Il pouvait être doux avec Sadie et sa femme, mais Chase savait sans le moindre doute qu'il tuerait Jonathan si la situation le justifiait. Bon sang, n'importe lequel des Taggart le ferait.

Mais il devrait attendre leur tour après *lui*. Il avait besoin de savoir ce qu'il s'était passé entre Sadie et Jonathan, ce qu'elle ne lui racontait pas, mais d'un autre côté, il n'avait pas envie de savoir.

Cependant, il *savait*, sans le moindre doute, que cette nuit-là changerait la relation entre Sadie et lui. Il espérait qu'elle les rapprocherait, mais il savait également qu'après avoir entendu ce dont elle avait tellement honte, cela pourrait les faire s'éloigner l'un de l'autre.

Car si elle lui disait que Jonathan l'avait violée... qu'il l'avait prise contre son gré... Chase savait sans le moindre doute qu'il dirait aux Taggart qu'il ne pouvait plus s'occuper de leur nièce pour ainsi abandonner son poste et pourchasser ce fils de pute et le tuer à mains nues.

CHAPITRE CINQ

Sadie n'avait pas été sûre de ce que la sœur de Chase penserait d'elle, mais elle n'aurait pas dû s'inquiéter. Rayne Jackson lui jeta un coup d'œil et la prit immédiatement dans ses bras.

— Je suis désolée que tu aies été embarquée dans cette situation, Sadie. Quelle horreur ! Est-ce que tu vas bien ? Est-ce que tu as été blessée ? Je n'arrive pas non plus à croire que tu aies vécu chez mon frère pendant un mois et qu'il ne me l'a pas dit. Est-ce qu'il prend bien soin de toi ? Je l'aime, mais c'est un homme... Parfois, il n'a pas la moindre idée de ce dont les femmes ont besoin.

Sadie fit un pas en arrière et se heurta à Chase. Il posa une main sur sa taille pour la maintenir en équilibre. Elle tourna la tête pour le remercier et le vit en train de sourire à sa sœur.

— Comment ça, je ne sais pas ce dont les femmes ont besoin ? Quand tu avais huit ans et la varicelle, je t'ai rapporté une tasse complète de vers pour que tu te sentes mieux.

Sadie échangea un regard avec Rayne et gloussa lorsque celle-ci leva les yeux au ciel.

— Ou la fois où tu étais triste à cause d'un garçon quand nous étions au collège et pour t'aider, je suis entré dans ton compte MySpace et j'ai posté cette photo de toi endormie sur ton lit avec des croûtes de varicelle sur tout le visage et j'ai demandé à tout le monde d'envoyer leurs vœux.

— Tu n'as pas fait ça ? demanda Sadie à Chase, les yeux écarquillés.

Il sourit et haussa les épaules.

— Je voulais l'aider.

— Tu vois ? demanda Rayne à Sadie. Il n'a pas la moindre idée de ce qu'il fait.

— Et la fois où Ghost est venu me voir après t'avoir secourue de ce coup d'État en Égypte et que je ne l'ai pas tabassé quand il a dit que tu étais « à lui » ? Ou quand je t'ai donné une barrette qui a fini par t'aider à te sauver la vie ? Ou quand nous avons eu cette longue discussion parce que tu étais bouleversée par le fait que Ghost parte en mission, que tu es venue *me* voir et je t'ai laissée manger tout le demi-litre de glace au brownie double chocolat que j'avais au congélateur ?

Sadie observa l'irritation disparaître du visage de Rayne.

— Bon, d'accord, parfois, tu sais exactement ce dont les femmes ont besoin.

Elle se tourna vers Sadie.

— Je veux juste que tu saches que si tu as besoin de quelqu'un à qui parler, je suis là.

— Mais tu ne me connais même pas, lâcha Sadie avant qu'elle ne puisse réfléchir à ce qu'elle disait.

— Avec un peu de chance, après aujourd'hui, je te connaîtrai un peu plus. D'autre part, je suis au courant de tout ce qu'il s'est passé à l'école, Ghost m'a raconté. Toi et ton amie... Comment s'appelait-elle ?

— Milena, dit Sadie.

— Voilà. D'après ce que j'ai entendu dire, toi et ton amie Milena étiez incroyablement calmes et vous avez aidé à faire en sorte que le responsable ne puisse pas s'enfuir et ne puisse pas maltraiter des centaines d'autres filles.

— Ce n'est pas exactement...

Rayne leva la main.

— Peu importe. L'important, c'est que quiconque pouvant se défendre face à de faux professeurs et philanthropes qui sont en réalité des pédophiles est une personne avec qui je veux être amie. Alors, après aujourd'hui, si tu as besoin de quoi que ce soit, dis-le-moi et je m'assurerai que tu l'obtiennes. Des snacks, du temps loin de mon frère agaçant, des vêtements, une amie avec qui boire... Je suis là pour toi.

— Waouh. Euh... merci.

— De rien.

— Puis-je poser une question ?

— Bien sûr, dit joyeusement Rayne.

— Chase t'a donné une barrette qui t'a aidé à te sauver la vie... ?

Rayne sourit à son frère, et l'amour dans ses yeux était évident. Sadie n'avait pas de frères et sœurs, mais elle savait sans le moindre doute, peu importe à quel point ils pouvaient se taquiner, que Rayne et Chase feraient n'importe quoi l'un pour l'autre.

— C'est une longue histoire ; je suis sûre que Chase sera ravi de te la raconter, dit doucement Rayne.

— En parlant de ça, dit Chase. J'ai un nouveau prototype... un bracelet qui se défait et qui cache une lame à l'intérieur. Tu le veux ?

— Sans blague, bien entendu, dit Rayne à son frère.

— Je le donnerai à Ghost dès que je peux.

— Super. Vous êtes prêts à partir ? demanda Rayne en changeant de sujet et en désignant la porte. Je suis passée à côté et j'ai vu Emily et Annie avant de venir, et Fletch m'a annoncé que je venais pour un barbecue ce soir. Bon timing, car j'ai un vol de nuit qui part demain.

— Un vol de nuit ? demanda Sadie tout en se retournant pour prendre son sac à main, posé sur la table de la cuisine.

— Oui, je suis hôtesse de l'air. Avant, je travaillais sur les vols internationaux, mais après l'histoire en Égypte, ça ne m'intéressait vraiment plus beaucoup. Alors maintenant, je travaille sur des vols nationaux plus courts. Je vais à Los Angeles demain, je vais y passer la nuit et puis je reviendrai le lendemain.

— Ça arrive souvent ? demanda Sadie.

Rayne haussa les épaules.

— Assez pour que Ghost devienne grognon quand je pars trop longtemps. Mais honnêtement, je préfère les voyages d'une journée, car j'ai découvert que je n'arrive plus à bien dormir toute seule.

Elle sourit, apparemment pas du tout timide à l'idée de partager cela.

— Il y a juste quelque chose de relaxant et de tranquillisant dans le fait de m'endormir dans les bras de Ghost et de me réveiller ainsi.

Chase leva les mains.

— On s'approche trop de l'information de trop, petite sœur.

— Peu importe. Ce serait trop d'informations si j'avais dit que nous dormions tous les deux nus et de cette façon, quand je me réveille excitée, nous n'avons pas à prendre le temps de retirer nos vêtements. Ghost peut juste retirer les couvertures et...

Rayne arrêta de parler quand Chase mit ses deux mains sur ses oreilles et commença à fredonner pour ne pas avoir à entendre ce qu'elle disait.

Rayne se tourna vers Sadie.

— C'est tellement facile de le faire enrager.

Sadie essaya de ne pas rire, vraiment, mais Chase avait l'air tellement misérable qu'elle ne put pas s'en empêcher. Elle avait vu Chase en action ; c'était un homme dur à cuir et effrayant. Mais à ce moment précis, on aurait dit qu'il avait envie de vomir à la simple mention de la vie sexuelle de sa sœur.

— Ce n'est pas juste que vous vous liguiez contre moi, dit-il en faisant la moue après avoir baissé les mains. Sérieusement, sœurette. Ce n'est pas cool. Tu sais que je ne veux pas entendre parler de ta vie sexuelle.

— Dommage. Je te rends la monnaie de ta pièce pour toutes les fois où tu m'as pourri la vie quand nous étions petits.

— Allez, finissons-en, dit Chase d'un air grognon. Trop de temps avec ma sœur est mauvais pour ma santé.

Rayne se contenta de rire et passa son bras sous celui de Chase.

— Tu m'aimes et tu le sais.

— C'est vrai. Mais si tu n'arrêtes pas de me torturer en parlant de ta vie sexuelle, je vais devoir faire quelque chose de radical.

— Comme quoi ? le taquina-t-elle.

Elles attendirent que Chase ferme la porte de l'appartement à clé et ils descendirent tous les escaliers, Rayne en tête, Chase derrière elle et Sadie en queue de file.

— Renverser la situation est fair-play. Tu veux entendre parler de *ma* vie sexuelle ? Quelles sont mes positions préférées, comment j'aime être touché et à quel point ma femme se sent bien quand je suis en elle ?

Sadie serait tombée dans les escaliers si Chase n'avait pas été devant elle. L'entendre parler de sexe aussi nonchalamment, qui plus est, avec sa sœur, fit que son cœur eut un raté.

Chase l'attrapa facilement. Son regard croisa le sien tandis qu'il ajoutait :

— Comment chaque fois que je la regarde, j'ai envie de lui arracher ses vêtements et de la faire crier pour moi ?

Sadie retint sa respiration. Bon sang. Est-ce qu'il lui parlait à *elle* ou à sa sœur ?

— Beuuuurk, dit Rayne tout en continuant à descendre les escaliers, sans même remarquer que Chase s'était arrêté. Dégoûtant ! D'accord, tu as raison. Je n'ai aucune envie de penser à toi tout nu. C'était déjà assez difficile de tout voir quand tu avais dix ans et que je t'ai surpris dans la salle de bains. Je vais arrêter de te taquiner à propos de Ghost et moi. Dégueulasse !

— Chase, murmura Sadie. Nous devons y aller.

— C'est vrai, tu sais ? dit-il doucement, ignorant son avertissement.

Elle essaya de retenir sa question, mais n'y parvint pas.

— Quoi donc ?

Son regard la parcourut depuis le sommet de sa tête jusqu'à sa poitrine puis remonta avant que ses narines se dilatent et qu'il prenne une grande inspiration.

— Peu importe.

Puis, il se pencha vers elle, l'embrassa sur le front avant de s'assurer qu'elle avait retrouvé l'équilibre puis continua de descendre les escaliers.

Sadie resta figée un instant. Elle pouvait sentir la chaleur de ses lèvres sur son front même s'il ne la touchait plus. Elle avait vu son oncle embrasser sa tante ainsi un nombre incalculable de fois. C'était un geste affectueux. Un geste qui avait toujours touché quelque chose de profond en elle. Cette affection simple entre eux était en quelque sorte bien plus intime que s'ils avaient publiquement partagé un baiser passionné avec la langue. C'était quelque chose qu'ils faisaient quand ils étaient avec leurs enfants, ou Sadie, qui montrait à quel point ils s'aimaient.

Et Chase venait de l'embrasser de la même façon.

Elle était tellement dans la mouise.

Sadie sut, à ce moment-là, qu'elle désirait Chase. Pour autant de temps qu'il voudrait d'elle. Une nuit, deux. Peu importe qu'ils soient en désaccord tout le temps. Peu importe qu'elle soit censée rester avec lui jusqu'à ce que Jonathan soit arrêté. Peu importe que son cœur se brise quand elle partirait pour retourner chez elle, à Dallas. Elle prendrait ce qu'elle pourrait, s'en imprégnerait et essayerait de ramasser son cœur à la petite cuillère quand il la laisserait partir.

— Tu viens ? cria Rayne à Sadie tandis qu'elle se tenait dans les escaliers, figée, comme si les lèvres de Chase l'avaient transformée en pierre.

Sadie secoua la tête, essayant de reprendre le contrôle d'elle-même.

— Oui, j'arrive, dit-elle à Rayne, prenant une grande inspiration et se dirigeant vers la voiture de Chase comme s'il ne l'avait pas fait voler en éclats rien qu'en posant ses lèvres sur sa peau.

* * *

Ce fut après être allés au centre commercial Temple et s'être arrêtés rapidement pour acheter de l'alcool pour la soirée, alors qu'ils retournaient vers la voiture après être passés au supermarché pour faire le plein de nourriture, que cela arriva.

Sadie était en train de rire à quelque chose que disait Rayne quand elle sentit Chase se raidir à ses côtés.

— Qu'est-ce que...

Elle ne dit rien de plus avant que Chase n'agrippe son bras et ne la tire, la faisant tourner jusqu'à ce qu'elle soit derrière lui. Il la poussa assez fort pour qu'elle vole en direction d'un SUV garé là. Heureusement, elle tendit les mains et se rattrapa, sinon, son visage aurait heurté le verre de la porte du côté conducteur.

Elle se retourna et vit Chase pousser sa sœur vers elle de la même manière pressante et pas très douce. Cela aurait été comique — Rayne qui tenait encore le caddie du supermarché et Chase qui les traînait littéralement, elle *et* le caddie vers l'endroit où il avait presque lancé Sadie —, mais à cause de l'air mortel sur le visage de Chase, ce n'était pas le cas. Elle ouvrit la bouche pour lui demander ce qu'il se passait, mais Chase la devança.

— J'ai vu quelqu'un accroupi à côté de ma voiture. Restez ici. Restez baissées. Ne. Bougez. Pas. Je reviens tout de suite.

Et sur ces mots, il s'en alla.

— Merde, marmonna Sadie, sachant que ce qui était en train de se passer n'était pas bon signe.

Rayne fouilla dans son sac et sortit son téléphone portable. Elle appuya sur quelques touches et approcha le téléphone de son oreille.

— Je suis sur le parking de Walmart avec mon

frère et Sadie. Il vient de nous pousser derrière un SUV et nous a dit qu'il avait vu quelqu'un traîner autour de sa voiture.

Elle marqua une pause, écoutant ce que la personne à l'autre bout du fil lui disait. Puis elle dit :

— Bien. D'accord.

Une autre pause. Puis :

— Je ne sais pas.

Finalement, après un long moment, elle murmura :

— Je t'aime. Au revoir.

Sadie attendit impatiemment que Rayne raccroche. Voyant qu'elle ne disait rien à propos de leur situation, Sadie murmura :

— Nous devons faire quelque chose pour aider Chase.

Rayne secoua la tête.

— Ghost m'a dit de ne pas bouger.

Sadie serra la mâchoire de frustration et leva suffisamment la tête pour regarder à travers la vitre de la voiture derrière laquelle elles se cachaient. Elle ne vit rien d'inhabituel, et elle ne vit Chase nulle part. Elle se retourna vers Rayne et désigna le téléphone qu'elle serrait encore à la main. Ses doigts avaient blanchi sous la tension de sa prise.

— Est-ce que Ghost est en chemin ?

Rayne acquiesça.

Pour une raison ou pour une autre, Sadie paniquait plus à présent que quand elle s'était trouvée dans l'école, lorsque Jonathan l'avait poussée sur le lit. Peut-être parce qu'elle ne savait pas ce qu'il se passait. Peut-être parce que Chase pourrait être en danger. Elle n'en était pas sûre. Mais elle *était* sûre de ne pas aimer cette sensation. Pas du tout. Elle ignorait complètement ce qui était arrivé à la Sadie dure à cuire qu'elle avait été à Dallas, mais à ce moment-là, elle se sentait hors de sa zone de confort.

— Peut-être que nous devrions retourner dans le magasin, suggéra-t-elle enfin.

— Non, répondit immédiatement Rayne. Ghost a dit de ne pas bouger, alors nous ne bougeons pas.

Elle ne voulait pas le dire à voix haute, mais elle se demandait ce qui arriverait si la personne que Chase avait vue faisait le tour et les surprenait par derrière.

Sachant soudain que la personne que Chase avait vue était Jonathan, Sadie commença à trembler. Elle savait que Jonathan était obsédé. Elle savait aussi qu'elle l'avait dupé et qu'il était plus qu'énervé à ce sujet.

Mais accroupie à côté de ce SUV au milieu de la journée, se demandant si Chase allait bien, Sadie sut sans le moindre doute qu'après avoir fait ce qu'il voulait d'elle, Jonathan allait la tuer. Elle avait blessé son ego. Sa fierté masculine. Et avec la façon dont il avait été élevé par Jeremiah, il n'allait pas tourner la page. Il aurait besoin de prouver qu'il était suffisamment viril pour s'occuper de son cas.

Elle ignorait combien de temps s'était écoulé, mais tout semblait aller extrêmement lentement. Elle aurait souhaité avoir son petit pistolet rose sur elle, mais elle l'avait stupidement laissé dans l'appartement au-dessus du garage. Sadie voulait que Ghost arrive *immédiatement*. Bon sang, quiconque pouvant aider Chase serait fantastique. Pour la première fois, elle comprit un peu mieux ce que les hommes et les femmes de McKay-Taggart vivaient au quotidien. Comment leurs femmes et leurs maris géraient le fait de savoir que leurs époux faisaient face à des malfaiteurs comme cela la dépassait. Elle détestait l'idée que Chase soit en danger. En particulier parce que c'était sa faute.

Incapable d'attendre une seconde de plus, Sadie jeta à nouveau un coup d'œil au-dessus du bord de la portière. Elle avait besoin de voir Chase, de s'assurer qu'il allait bien.

Comme si ses pensées à propos de Jonathan l'avaient fait apparaître de nulle part, elle le vit accroupi derrière une voiture à une rangée de là où son véhicule était garé.

Elle savait qu'il s'agissait de Jonathan, car il tourna la tête et la regarda directement.

Elle reconnaîtrait ses cheveux blonds, son nez pointu et le regard haineux dans ses yeux bleus et glacés n'importe où. Même dans un parking.

Il se détourna d'elle à ce moment-là et pointa son pistolet.

Sadie regarda dans quelle direction il visait et aperçut Chase se déplaçant prudemment entre deux voitures, près de Jonathan. Elle ouvrit la bouche et cria à l'attention de Chase avant même de penser à ce qu'elle était en train de faire.

— Chase ! Derrière toi ! Il est derrière la voiture rouge !

Il se retourna au moment même où Jonathan appuyait sur la détente. Le pistolet de petit calibre qu'il tenait émit un léger bruit d'explosion, qui sembla quelque peu étouffé dans le parking très fréquenté.

Les yeux rivés sur Chase, elle retint sa respiration jusqu'à ce qu'il fasse deux pas de géant et disparaisse derrière une Jeep.

— Oh mon Dieu, dit-elle doucement.

Elle reporta son regard vers l'endroit où Jonathan s'était caché, derrière la voiture, mais il avait disparu.

— Où est-il allé ? dit-elle, plus pour elle-même que pour Rayne.

— Il est là, dit Rayne en désignant un endroit, sur le côté. Et Ghost est avec lui maintenant.

Sadie regarda l'endroit que son amie désignait et vit Chase rejoindre Ghost. Elle n'avait pas posé la question à propos de Chase, cependant. Elle s'était demandé où *Jonathan* était parti.

Avant qu'elle ne puisse paniquer à ce sujet, Fletch se matérialisa à côté d'elles.

— Venez, dit-il en leur faisant signe de se diriger vers un SUV Highlander à l'arrêt.

— Est-ce que Ghost t'a appelé ? demanda Rayne

Fletch la regarda comme si elle était folle.

— Oui, Rayne, il m'a appelé. Maintenant, venez, nous devons partir d'ici.

— Et nos courses ? demanda-t-elle. Ça craint de ramener Sadie jusqu'à la maison pour qu'elle se rende compte qu'elle doit revenir ici pour acheter quelque chose à manger.

— Jonathan était à côté de cette voiture rouge, dit Sadie à Fletch, ignorant l'argument stupide de Rayne à propos de la nourriture. Chase ne l'a pas vu et il a évité un coup de feu.

— Ghost le couvre, la rassura Fletch.

Sadie se retourna pour chercher Chase du regard un instant, mais ne le vit plus. Elle se tourna vers Fletch et hocha la tête.

— D'accord.

— Il va nous retrouver à la maison. Il faut que je te fasse sortir d'ici, Sadie, au cas où Jonathan déciderait que tu es la suivante sur sa liste.

— Est-ce que la police est en chemin ? demanda Rayne

— On ne dirait pas, lui dit Fletch. Personne n'a semblé remarquer le coup de feu. Il a dû mettre un silencieux sur son arme.

— Comment est-ce que c'est possible ? demanda Sadie en secouant la tête. Je l'ai entendu.

— Tu étais en train de le regarder quand il a tiré, pas vrai ? demanda Fletch.

— Oui.

— Tu l'as entendu parce que tu étais en train de le regarder. Même avec toutes les fusillades de masse qu'il y a eu dernièrement, les gens ne s'attendent pas à quelque chose comme ça ici, en milieu de journée, dans le parking d'un Walmart. Et même s'ils l'ont entendu, ils ont probablement pensé que c'était une voiture qui pétaradait ou quelque chose comme ça. Maintenant, venez, nous devons partir d'ici.

Fletch les guida rapidement vers le SUV noir aux vitres teintées. Sadie se débattit, ne voulant soudain pas partir sans s'être assurée que Chase allait bien.

— Sadie, monte, lui dit Fletch.

— Je veux voir Chase, lui dit Sadie, tendant la main pour se retenir afin de ne pas être poussée sur le siège arrière.

— Il va bien. *Monte*, répéta-t-il.

— Si Emily se faisait tirer dessus et que tu ne savais pas si elle avait été blessée ou non, est-ce que tu l'abandonnerais pour continuer ta mission ? Même si je te disais qu'elle allait bien et qu'elle était entre les mains d'un autre homme comme toi ?

— Oui, dit immédiatement Fletch. Si elle était avec Chase ou Ghost ou n'importe quel autre de mes amis, je leur ferais confiance pour se tirer de cette situation en sécurité. Monte dans cette satanée voiture, Sadie.

Elle réalisa enfin qu'elle était ridicule. Non seulement ça, mais son hésitation mettait Chase et Ghost en danger. Probablement Rayne, Fletch et elle-même aussi. Ses oncles lui botteraient les fesses si elle leur faisait la même chose au milieu d'une situation dangereuse.

Sans dire un mot de plus, elle inclina la tête et monta à l'arrière.

Pendant qu'elle essayait de convaincre Fletch de la laisser voir Chase, Rayne avait agrippé ses courses et les avait jetées dans le SUV. Elle était folle.

À la seconde où Fletch fut derrière le volant, il sortit du parking comme s'il avait le diable aux trousses.

Rayne posa une main sur la jambe de Sadie dans un geste de soutien silencieux tandis qu'ils se précipitaient à travers les rues de la ville jusqu'à la maison de Fletch.

CHAPITRE SIX

— C'est quoi ce bordel, Jackson ? demanda Ghost une fois que le pick-up eut disparu et qu'ils eurent fouillé le parking en profondeur.

D'une manière ou d'une autre, Jonathan avait réussi à s'enfuir une fois de plus.

— Ça va ?

Chase grimaça et ignora la douleur lancinante dans son bras. Il avait entendu l'avertissement de Sadie juste à temps et avait pu éviter de recevoir la balle dans le torse. Il s'était jeté sur le côté, mais pas avant d'être touché au bras plutôt qu'au cœur. Cela faisait sacrément mal, mais c'était bien mieux qu'être mort.

— Je vais bien, dit-il à Ghost.

Il saignerait un moment, mais d'après ce qu'il

ressentait dans son bras, il savait que la balle n'avait pas traversé une artère et ne l'avait pas mis dans une situation qui l'obligerait à aller aux urgences.

Ghost était assez professionnel pour ne pas douter de lui. Il se contenta de grogner et demanda :

— Que s'est-il passé ?

— Nous étions en train de nous diriger vers la voiture et j'ai remarqué quelqu'un qui rôdait autour. J'ai obligé les femmes à se cacher et je suis venu pour vérifier. Les quatre pneus sont crevés et je n'ai pas regardé sous le capot, mais je suppose que la voiture ne va probablement pas démarrer.

— Et ton bras ?

— Jonathan se cachait comme la mauviette péto-charde qu'il est. D'après le son, il utilisait un M&P. Sadie m'a prévenu à temps pour qu'il ne me mette pas une putain de balle dans le torse.

— Tu es sûr que c'était lui.

— Oui. Je ne l'ai pas bien vu, mais c'est ce que je suppose.

— Tu vas le dire à son oncle ? demanda Ghost.

Chase acquiesça.

— Beaucoup de temps s'est écoulé depuis cette deuxième fois où il s'est enfui de l'école, mais nous espérions que le fait qu'il avait été vu récemment était une erreur d'identité. Que cette fois, il s'était peut-être *vraiment* barré du Texas. Mais on dirait que nos premières craintes à propos du fait qu'il pourchasse Sadie étaient justifiées.

— Bordel, qu'est-ce qu'il s'est passé pour qu'il soit à ce point déterminé à l'atteindre ?

C'était la question à un million de dollars. Et il devait y avoir autre chose que son plan fou de la mettre enceinte pour pouvoir abuser de ses enfants. C'était déjà assez mauvais... Mais l'obsession que Jonathan avait pour Sadie était extrême.

Et Chase allait découvrir ce soir-là chaque détail à propos du temps que Sadie avait passé seule avec lui, peu importe à quel point elle était réticente à l'idée d'en parler. Il ne pouvait pas la protéger si elle ne lui disait pas contre quoi ils luttaient.

— Je ne sais pas, admit Chase. Sadie ne veut pas en parler. Elle a à peine admis qu'il était arrivé autre chose que ce qu'elle avait déjà dit aux Fédéraux. Elle agit comme si elle en avait honte.

Jetant un autre coup d'œil aux alentours, Ghost désigna sa Crown Victoria noire. Ils se dirigèrent rapidement vers la voiture. Une fois qu'ils furent à l'intérieur, Ghost la démarra et sortit du parking pour aller chez Fletch.

— Je me fiche de ce qu'elle a fait ou dit, grogna Ghost d'une voix grave et meurtrière. Ces connards étaient des pervers et des tarés. Ils ont bousillé la vie de tellement d'enfants. Je ne sais pas ce qu'il s'est passé le jour où le père de Jonathan s'est fait tuer, mais je sais que Sadie n'a pas à avoir honte de quoi que ce soit.

— Je suis d'accord.

— Mais j'ai une question, poursuivit Ghost. Si elle te dit qu'elle a couché avec ce type avant que tu te pointes, est-ce que tu vas péter les plombs ?

Chase ouvrit la bouche, et rien n'en sortit. Il se lécha les lèvres puis finit par dire :

— Je n'étais pas là. Je n'ai pas eu à l'entendre parler de la façon dont il a violé des petites filles. Je n'essayais pas de protéger mon amie et son fils jusqu'à ce que de l'aide arrive. D'ailleurs, elle ignorait complètement que de l'aide *allait* venir. Alors non, si elle me dit qu'elle ne s'est pas débattue quand ce connard l'a violée, je ne vais pas péter les plombs. Je continuerai à lui dire qu'elle n'a pas à avoir honte de quoi que ce soit.

— Tu la veux.

Ce n'était pas une question.

— Je la veux, acquiesça immédiatement Chase. Et elle sera à moi. Bordel, j'ai déjà l'impression qu'elle est à moi et nous ne nous sommes même pas encore embrassés. J'ai eu un peu de temps pour penser à notre relation et je peux te dire sans équivoque que je ferais n'importe quoi pour l'avoir à mes côtés.

— Abandonner ta carrière militaire ? demanda Ghost.

Chase souffla.

— Waouh, n'y va surtout pas par quatre chemins, Ghost. Attaque directement la jugulaire.

— Je vais te dire une chose, dit calmement Ghost. Si je devais choisir entre ma carrière et Rayne, je choisirais ta sœur à tous les coups.

Chase savait que l'homme assis à côté de lui aimait sa sœur. Bon sang, c'était plus qu'évident. Mais Chase savait aussi à quel point Ghost aimait l'armée. Il adorait être un membre de la Delta Force. Pour lui, dire qu'il l'abandonnerait était énorme. Gigantesque.

Mais ensuite, il pensa à Sadie. À l'abandonner et à la possibilité qu'elle aime un autre homme, qu'elle ait des enfants avec lui, et son estomac se noua.

— Ouais, dit-il, de la conviction dans chaque mot. J'abandonnerais ma carrière pour elle.

Ghost posa sa main sur son épaule tout en conduisant.

— Bienvenu dans le monde des émasculés. Je ne

l'échangerais pas pour toutes les richesses du monde.

Les deux hommes échangèrent un sourire. Celui de Chase s'estompa doucement.

— Il faut que j'appelle Sean Taggart.

— Je ne t'envie pas, mec, dit Ghost.

Chase grimaça.

— Autant en finir tout de suite.

Il sortit doucement son téléphone de sa poche, faisant attention à ne pas bousculer son bras, et appuya sur quelques touches.

— Taggart.

— Sean. C'est Chase Jackson.

— Que se passe-t-il ?

Chase prit une grande inspiration et n'y alla pas par quatre chemins, imaginant que Sean n'apprécierait pas cela.

— On dirait que Jonathan va nous poser un problème, après tout, et c'est une bonne chose que je m'occupe de Sadie.

— Que s'est-il passé ?

La voix de Sean passa du ton nonchalant et décontracté qu'il avait un moment plus tôt à celle de l'ancien membre des Forces Spéciales pragmatique et prêt à l'action qu'il était.

— Des coups tirés dans un parking public.

— Putain. Sur Sadie ?

— Non. Sur moi. Je l'ai mise hors de portée quand j'ai vu quelqu'un rôder autour de ma voiture. Pendant que je le traquais, ce salaud m'a tiré dessus. Si Sadie ne m'avait pas prévenu, il aurait pu réussir à me descendre. Il veut lui mettre la main dessus. Énormément.

— S'il touche à un seul cheveu de sa tête, il va souhaiter ne s'en être jamais pris à une Taggart.

Elle n'était pas une Taggart, mais Chase savait ce que Sean voulait dire. Sa femme était la sœur de la mère de Sadie. Et étant donné que Sean aimait sa femme plus que tout, et que Grace aimait sa nièce, quiconque menaçait Sadie menaçait aussi sa femme. Et si Chase avait appris une chose de ses recherches sur le groupe McKay-Taggart, c'était que *personne* ne s'en prenait à ce qui était à eux. Il commençait à apprécier cela.

— Tu as attrapé ce connard ?

— Non. Exactement comme à l'école, il est parti en fumée.

— Où est Sadie en ce moment ?

— Elle est en route vers la maison de Fletch.

Sean savait qui était Fletch. Il connaissait tous les hommes de la Delta Force. Lui et son frère avaient enquêté sur toutes les personnes avec qui Sadie avait été en contact à San Antonio. Il avait d'abord trouvé tout ce qu'il avait pu à propos de TJ et de Milena, et avait découvert que TJ avait fait une faveur à l'équipe de la Delta Force dans le passé. Et étant donné qu'il ne voulait rien laisser au hasard, Sean avait poursuivi ses recherches en enquêtant sur Ghost et les autres membres de l'équipe. S'il avait trouvé quoi que ce soit qu'il n'aimait pas, Chase savait très bien que Sadie ne serait plus avec lui. Sean l'aurait forcée à retourner à Dallas, peu importe ce qu'elle *ou* Chase désirait.

— Tu n'es pas avec elle ?

N'appréciant pas l'accusation dans le ton de Sean, Chase dit laconiquement :

— Non. Elle est avec Fletch. Il les a emmenées, Rayne et elle, à la maison pour que nous puissions fouiller le parking. Ce salaud m'a touché au bras. Je n'étais pas sûr que quelqu'un ait appelé la police et je ne voulais pas qu'elle soit dans les parages au cas où un rapport serait fait. Je voulais la garder hors de tout ça.

— Touché ? demanda Sean.

— Oui.

Il y eut un silence de l'autre côté de la ligne pendant un long moment. Alors même que Chase pensait que Sean allait dire autre chose, ou peut-être qu'il raccrocherait, il dit :

— Ma nièce te plaît.

Putain. Nous y revoilà. Mais Chase rassurerait n'importe qui à propos de ses sentiments pour Sadie.

— Effectivement.

— Tu as pris une balle pour elle.

— C'est vrai, et je le referais.

— Nous avons enquêté sur toi, tu sais, l'informa calmement Sean.

— Je ne pensais pas que tu aurais laissé Sadie vivre chez moi si ce n'était pas le cas.

Chase ne savait pas où l'autre homme allait avec cette conversation, mais il n'était pas prêt pour ce qu'il dit ensuite.

— Je sais ce qu'il s'est passé avec l'équipe de la Delta Force dans laquelle tu étais au Moyen-Orient.

Chase resta silencieux, stupéfait. Il était au courant ? Comment diable Sean avait-il découvert *ça* ?

— Jackson ? lui demanda Ghost, qui était assis à côté de lui, remarquant de toute évidence son langage corporel.

Chase fit signe de la main à Ghost, lui faisant savoir qu'il allait bien.

Sean Taggart poursuivit.

— Je suis désolé que cette merde te soit arrivée, mais j'ai l'impression que cela a fait de toi un meilleur soldat.

Chase ne savait pas quoi répondre à cela, par conséquent, il ne dit rien tandis que l'autre homme poursuivait.

— Tout ce que je te demande, c'est que tu traites bien Sadie. Être mariée à un militaire n'est jamais facile, mais quelqu'un comme toi, qui ne fait pas vraiment partie des Forces Spéciales, mais qui travaille quand même avec le pire du pire et pourrait facilement être ciblé par les terroristes n'a pas vraiment une vie remplie de roses et de rayons de soleil. Mais je connais ma nièce. Elle est robuste. Et loyale. Très loyale. Regarde ce qu'il s'est passé avec Milena. Même quand tout est parti en cacahouète à l'école, elle n'est pas partie. Elle est restée pour aider et pour apporter son soutien moral. Et au lieu de sauver ses propres fesses quand tout a merdé une fois qu'elles ont été enlevées, elle a fait ce qu'elle pouvait pour aider Milena. Tout ce que je veux dire, c'est que je suis ravi qu'elle ait trouvé un homme comme toi.

Le menton de Chase retomba sur sa poitrine en signe de soulagement. Ce n'était pas comme s'il avait besoin de l'approbation de Sean, mais il était sacrément heureux de l'avoir.

— Merci. Ça compte beaucoup pour moi.

— Mais si tu lui fais du mal, il n'y aura nulle part sur cette planète où tu pourras te cacher de mes frères et moi, conclut Sean.

Chase ne pouvait pas s'en empêcher. Il gloussa. C'étaient *exactement* les paroles qu'il s'était attendu à entendre de Sean quand il avait déclaré que Sadie lui appartenait.

— D'accord. Ravi qu'on en ait parlé.

— Tu as besoin d'une paire d'yeux ou d'oreilles en plus ?

Chase voulait dire que non, mais lorsqu'il s'agissait de protéger Sadie, il ne rejetterait jamais un ancien soldat des Forces Spéciales.

— Si tu as quelqu'un, ça pourrait aider.

— Ian et moi viendrons demain.

Chase sourcilla. Il s'était en quelque sorte attendu à ce que Sean envoie l'un des membres plus jeunes du groupe McKay-Taggart. Ou même l'un des hommes indépendants. Mais en y réfléchissant, il n'était pas surpris. Si c'était Rayne qui avait des problèmes, ou l'un de ses enfants, il ne ferait confiance à personne pour la maintenir en sécurité.

— Nous serons chez Fletch. Nous avons une petite soirée plus tard. Nous allions faire un barbecue en extérieur, mais maintenant, nous allons faire rester tout le monde à l'intérieur.

— Jonathan n'essaiera pas de tout brûler si vous êtes tous à l'intérieur, pas vrai ? Il ne faut pas lui faciliter les choses pour vous liquider.

Chase y avait pensé aussi.

— Si tu veux mon avis, quoi qu'il soit arrivé dans cette pièce l'a rendu encore plus focalisé sur Sadie. C'est vrai qu'il n'est pas très fan de moi. Assez pour essayer de me tuer moi au lieu de Sadie, pourtant je ne pense vraiment pas que qui que ce soit d'autre soit en danger. C'est un lâche dans l'âme. Se pointer et faire face à d'autres personnes que Sadie ne lui ressemble pas. Quand tout a merdé à l'école, son père et lui ont fui. Je suis presque certain qu'il attendra et essaiera de me tendre une embuscade et d'enlever Sadie quand nous nous y attendrons le moins. Tout comme il l'a fait dans cette discothèque, quand il a mis la main sur Milena et Sadie.

— Je suis d'accord. Mais ça ne veut pas dire que tu ne devrais pas être prudent, le prévint Sean.

— C'est pour ça que nous resterons à l'intérieur cette nuit et que Sadie et moi allons dormir chez Fletch plutôt qu'à l'appartement au-dessus de son garage, rétorqua Chase. Lorsqu'il s'agit de Jonathan, on ne manque pas de sécurité.

Avec ce qui ressemblait à du respect, Sean dit :

— D'accord. On se voit demain à la première heure, alors. Dis à Sadie que sa tante et moi l'aimons.

— Ce sera fait.

— À plus tard.

— Au revoir.

Chase raccrocha, ferma les yeux et s'appuya contre le repose-tête.

— Sean Taggart va venir ? demanda Ghost.

— Et son frère Ian aussi, lui dit Chase.

Ghost sourit.

— J'ai toujours voulu travailler avec ces mecs.

Chase rit en soufflant, mais n'ouvrit pas les yeux. On pouvait compter sur Ghost pour être enthousiaste à l'idée de travailler avec certains des durs à cuire les plus célèbres du pays. Il ne serait pas surpris si les Taggart essayaient de recruter des membres de la Delta Force à un moment ou à un autre.

Ouvrant les yeux quand il sentit que le véhicule ralentissait, Chase vit qu'ils tournaient dans l'allée de Fletch. La Highlander dans laquelle Fletch avait ramené les femmes à la maison n'était pas là, mais Chase ne s'en inquiéta pas. Il savait que Ghost et lui auraient été prévenus si quelque chose s'était passé sur le chemin du retour.

Ghost s'arrêta à côté du garage, éteignit le moteur et sortit. Chase en fit de même.

Ils se dirigeaient vers la maison lorsque la porte d'entrée s'ouvrit brusquement.

Sadie se rua hors de la maison et Chase fronça les sourcils. Il n'aimait pas le fait qu'elle ne prête pas attention à ce qu'il y avait autour d'elle. Cela dit, il *aimait* le fait d'être apparemment l'objet de son attention à ce moment-là, mais il avait besoin qu'elle soit plus consciente. Jonathan attendrait un moment comme celui-là pour frapper.

Il ouvrit la bouche pour lui dire de retourner à l'intérieur quand elle s'arrêta dans son élan. Ils étaient à environ trois mètres l'un de l'autre et elle se figea, la bouche ouverte, le visage pâlissant.

Ce ne fut pas avant qu'elle chancelle sur ses pieds que Chase réalisa que quelque chose n'allait pas. Il se précipita vers elle et l'entendit dire « ton bras » avant que ses yeux ne tournent dans leurs orbites et qu'elle ne s'évanouisse, s'écroulant par terre avant que Chase ne puisse l'atteindre.

Sadie bougea sur le lit, ne comprenant pas pourquoi son matelas était aussi bosselé. Elle ouvrit les yeux et grimaça face à la lumière éclatante. Elle tourna la tête sur le côté et s'immobilisa.

Chase était assis à côté d'elle, la regardant avec inquiétude.

Elle fronça les sourcils.

— Qu'est-ce que tu fais dans ma chambre ?

Sa question ne fit que lui donner l'air plus inquiet.

— Nous sommes chez Fletch, Sparky. Pas dans ta chambre.

Tout lui revint alors précipitamment. Elle se redressa, donnant presque à Chase un coup au visage ce faisant.

— Ton bras ! Est-ce que tu vas bien ? Oh, mon Dieu, j'ignorais complètement qu'il t'avait touché !

— Je vais bien.

— Tu ne vas pas bien, insista Sadie. Tu saignes ! Ton tee-shirt était couvert de sang. Es-tu allé à l'hôpital ? Combien de temps ai-je dormi ?

— Premièrement, tu ne dormais pas. Tu t'es évanouie. Tu t'es écroulée par terre avant que je ne puisse t'atteindre. Deuxièmement, je ne suis pas allé à l'hôpital, car ce n'était pas la peine. Je savais que Fletch me recoudrait si j'en avais besoin. Troisièmement, cela fait environ une heure que tu es ici. Je n'ai laissé personne te déranger.

Le regard de Sadie se posa sur sa manche. Il avait un tee-shirt différent de celui qu'il portait plus tôt. Celui-ci était un tee-shirt d'entraînement gris à manches courtes de l'armée. Elle le savait, car les types de McKay-Taggart les portaient tout le temps. Il y avait un bandage blanc sur son biceps gauche. Sans réfléchir, elle déplaça ses doigts vers le pansement.

— Est-ce que je peux voir ?

Chase posa sa main sur la sienne, l'arrêtant dans son mouvement.

— Je vais bien, répéta-t-il.

— Laisse-moi voir.

Ce n'était pas une question, cette fois.

En soupirant, comme s'il savait qu'elle n'arrêterait pas de le lui demander tant qu'il ne céderait pas, Chase se tourna pour qu'elle atteigne plus facilement la blessure et la laissa faire ce qu'elle voulait.

Sadie retira le pansement de la gaze et déroula celle-ci. Il y avait bien une entaille dans la chair de son bras. La balle avait emporté un morceau de peau, mais il ne semblait pas qu'elle ait fait trop de dégâts... même si la blessure avait beaucoup saigné. Remettant le pansement en place, Sadie dit :

— Je ne suis pas aussi sensible d'habitude. J'ai vu ma part de sang et de blessures par balle, mais c'est juste que... c'était toi. Et tu t'es fait tirer dessus à cause de *moi*.

— Sparky, la prévint Chase.

— C'était Jonathan, lâcha Sadie avant que Chase ne puisse dire quoi que ce soit d'autre.

— Je t'ai entendu me prévenir une seconde avant le coup de feu. Je n'étais pas sûr que tu l'aies vraiment vu, dit Chase.

— Je l'ai vu. Il était accroupi derrière une voiture.

— Tu l'as bien vu ? demanda Chase.

— Oh oui. Il m'a regardée droit dans les yeux, dit Sadie. Je suis désolée, Chase. Je suis tellement désolée !

— Tais-toi, lui dit-il gentiment. Ce n'est pas ta faute. Je suis juste content qu'il m'ait eu moi, et pas toi.

— Ne dis pas ça, s'exclama-t-elle. Ne dis pas ça, bordel. Comment te sentirais-tu si nos rôles étaient inversés ? Penses-tu que tu te sentirais mieux si je me faisais tirer dessus à ta place ?

— Bon sang, non, lâcha-t-il.

— Exact. Alors, ne pense pas que ça *me* fait me sentir mieux.

Ils se regardèrent un long moment avant que Chase ne tende la main vers elle. Il l'attira dans ses bras et dit :

— Je suis désolé. Tu as raison. Rien de cette situation n'est bien.

Ils restèrent assis ensemble un long moment avant que Chase ne s'écarte et ne lui dise :

— Sean et Ian viennent demain.

Sadie soupira.

— Je préférerais qu'ils ne soient pas impliqués.

— Il est hors de question qu'ils restent à l'écart.

— Je le sais aussi. Mais le fait qu'ils viennent rend les choses plus réelles pour moi.

— Qu'est-ce que ça rend plus réel, Sparky ? demanda Chase.

— La menace. Je pouvais me dire que ce n'était

pas si important quand il n'y avait que toi qui me surveillais. Je pouvais me dire que Jonathan avait quitté l'état et que toute cette folie n'était pour rien. Mais je connais mes oncles. S'ils sont en chemin, c'est qu'ils sont inquiets, et ils vont me garder enfermée jusqu'à ce qu'ils trouvent Jonathan.

— Ils t'aiment.

— Et je les aime. Mais je déteste tout ça. Je le *déteste.*

— Prends-le différemment, dit Chase. Si Jonathan n'avait pas tenté quelque chose, nous pourrions ne pas avoir su qu'il était déjà là. Nous aurions pu devenir encore plus complaisants et il aurait pu avoir une chance de t'enlever juste sous nos nez. Alors le fait que Sean et Ian viennent ici veut dire que tout cela sera fini plus tôt. Je n'ai pas le moindre doute quant au fait qu'ils aideront énormément à capturer ce connard.

— Ouais.

— Ils le feront.

— Je sais.

— Pourquoi est-ce que ça n'a pas l'air de te ravir ? demanda Chase.

Sadie se mordit la lèvre tout en regardant Chase dans ses yeux marron. Il avait été blessé à cause d'elle. À cause de ce qu'elle avait fait. Oh, elle savait que Jonathan était celui qui avait tiré sur la gâchette ce jour-là, mais il était là à cause de ce qu'elle avait fait. Il était déterminé à la punir pour lui avoir tendu un piège dans cette chambre, à Bexar.

Si Jonathan lui mettait à nouveau la main dessus, elle savait qu'il la tuerait.

Ses sentiments pour Chase étaient compliqués, mais peu importe combien de fois ils se disputaient, elle le respectait... l'appréciait. Plus que ça. Elle le *désirait.*

Prenant une grande inspiration et essayant d'être courageuse, elle dit :

— Parce qu'une fois que Jonathan sera arrêté, je devrai retourner à Dallas. Reprendre ma vie.

Chase déplaça doucement sa main et passa ses doigts dans les cheveux de Sadie jusqu'à prendre sa tête dans sa paume. Il caressa sa joue de son pouce.

— Si tu penses que je vais te laisser rentrer chez toi et ne plus te revoir, tu as tort.

Sadie sourcilla. Elle savait qu'elle s'appuyait contre sa main, mais elle ne pouvait pas s'en empêcher.

— Vraiment ?

— Vraiment. Tu m'as entendu quand je t'ai dit que tu étais à moi, pas vrai ?

Elle sentit ses espoirs renaître et elle hocha la tête.

— Je pensais que tu étais peut-être pris par le moment ou quelque chose comme ça.

Puis, elle retint sa respiration tandis que Chase se penchait vers elle. Elle ne détourna pas les yeux, ne souhaitant pas les fermer et manquer une seconde de son premier baiser avec l'homme dont elle était en train de tomber amoureuse.

Elle se lécha les lèvres en anticipant ce baiser...

Mais avant que leurs lèvres ne se touchent, la porte s'ouvrit.

— Est-ce qu'elle est réveillée... Oh... désolée, dit Rayne, n'ayant pas du tout l'air désolée. Nous vous attendons en bas. Annie est sur le point d'exploser de curiosité. Elle veut examiner ta blessure, Chase. Juste un avertissement amical. Et Sadie, les filles et moi voulons en savoir plus à propos de mecs sexy qui travaillent chez McKay-Taggart.

— Bon sang, sœurette, tu es presque mariée, dit Chase en grognant.

— Mais je ne suis pas morte. J'ai le droit de regarder les hommes séduisants. Maintenant, venez. Arrêtez de vous galocher et descendez pour nous rejoindre.

Et sur ces mots, Rayne ferma la porte.

Sadie se mordit la lèvre et leva les yeux vers Chase.

— Je suppose que nous ferions mieux d'y aller avant qu'elle ne lâche Annie sur nous.

Chase passa son pouce sur ses lèvres brillantes tout en disant :

— Nous allons passer la nuit ici. Fletch et Emily sont déjà passés à l'appartement et ont pris nos affaires. Nous allons manger et puis nous allons parler de Jonathan et de l'école. Ensuite, nous finirons ce que nous n'avons pas pu commencer il y a une seconde.

Sadie savait qu'elle était en train de rougir, mais elle hocha la tête quand même. Elle ne voulait pas lui parler de Jonathan, mais elle en avait besoin avant qu'elle ne perde la tête. Ce qui était une blague, car elle avait *déjà* perdu la tête en ce qui concernait Chase. Mais elle avait besoin de voir sa réaction face à ce qu'elle avait fait, et il devait savoir pourquoi Jonathan était déterminé à l'atteindre. Si Chase voulait encore être avec elle une fois qu'il saurait toute l'histoire, cela n'en serait que mieux.

— Ça te va ? demanda Chase.

Elle avait de toute évidence mis trop de temps à répondre.

— Oui, Chase. Ça me va.

— Je vais le dire maintenant et je le dirai de nouveau si tu as besoin de l'entendre. En fait, je n'arrêterai pas de le dire jusqu'à ce que tu me croies. Quoi qu'il se soit passé ne changera absolument rien pour moi. Ça t'a permis de rester en vie et de te protéger. Alors tu n'as pas besoin de t'inquiéter à propos de la façon dont je vais réagir quand tu me diras quelles horribles choses tu penses avoir faites. Je peux te garantir que cela ne changera pas ce que je ressens pour toi. Cela ne me fera pas moins te désirer.

Sadie le fixa du regard.

— C'est bien ça, Sparky. Je te désire. Je te désire depuis que je t'ai vue pour la première fois. Je n'aurais pas dû attendre pour commencer, mais j'ai supposé que nous aurions le temps. Ce qui était stupide. Je sais mieux que personne comme la vie est courte. J'ai vu toute une section d'hommes bons, parmi les meilleurs que j'ai connus, mourir en un instant. Je ne veux pas avoir de regrets, et le fait que quelque chose t'arrive avant que je ne puisse te faire mienne me ferait définitivement regretter de ne pas avoir dit ce que je pense. J'espère juste que tu me donneras une chance de te montrer que je peux être l'homme qu'il te faut.

Sadie déglutit et ouvrit la bouche pour dire ce

qu'elle avait sur le cœur. Pour lui dire qu'elle le désirait aussi depuis le moment où elle l'avait vu pour la première fois. Qu'elle donnerait tout ce qu'elle avait au monde *s'il lui* donnait chance de lui montrer qu'elle pouvait être la femme qu'il lui fallait.

Mais la porte de la chambre s'ouvrit avant qu'elle ne puisse dire quoi que ce soit, et la petite Annie entra.

— *Allez*, gémit-elle. On ne peut pas commencer à manger sans vous et je meuuuuurs de faim ! Je vais *mourir* si on ne me donne pas un hot dog dans les trente prochaines secondes.

Chase maintint sa main sur le visage de Sadie un instant avant de se pencher en avant et d'embrasser doucement son front. Puis, il se leva et tendit la main, celle qui n'avait pas été blessée, vers Sadie. Elle glissa du matelas et plaça timidement sa main dans la sienne. Après ce qu'il avait dit, pour une raison ou pour une autre, elle se sentait timide.

— D'accord, Annie. On y va. Montre-nous le chemin, dit Chase à la petite fille.

Elle marcha à grands pas vers eux et se plaça derrière lui. Puis, elle posa ses deux mains sur ses fesses et le poussa.

— Papa m'a dit de ne pas sortir de la pièce sans vous. Alors *tu* dois montrer le chemin.

Chase gloussa.

— Il est malin, murmura-t-il entre ses dents, mais il la laissa le pousser hors de la chambre.

Sadie le suivit, souriant face aux singeries de la fille de Fletch. Elle était précoce et adorable à la fois.

CHAPITRE HUIT

Le dîner se passa étonnamment bien. Sadie avait pensé qu'elle pourrait être mal à l'aise face à Ghost et Fletch, mais ils avaient les pieds sur terre et ils lui rappelaient de nombreux agents qui travaillaient pour McKay-Taggart. Elle avait des amis, mais rester là à regarder Rayne et Emily interagir entre elles et avec leurs hommes était rafraîchissant. Elles se montraient l'amour qu'elles avaient l'une pour l'autre ouvertement. Elles se taquinaient et riaient ensemble, mais tout était absolument fait par affection et respect.

À l'université, Sadie avait trop souvent perdu des amis à cause de jalousies insignifiantes et d'une rivalité perçue de leur côté. Mais il était évident qu'Emily et Rayne n'étaient pas envieuses l'une de l'autre. Peut-être parce qu'elles étaient plus âgées, peut-être parce qu'elles étaient avec des soldats qui, elles le savaient, pouvaient se faire tuer au cours de n'importe laquelle de leurs missions. Quoi qu'il en soit, Sadie les appréciait. Elle aimait faire partie de leur entourage. Elle voulait avoir cette véritable intimité avec une autre femme, ou un groupe de femmes. Elle avait la sensation d'avoir cela avec Milena ; se détendre et discuter avec elle lui avait manqué au cours du dernier mois. Il était toujours agréable d'avoir un petit ami, mais il y avait tout simplement quelque chose de différent dans le fait de savoir que vous aviez des femmes sur qui compter quoi qu'il arrive.

Ils étaient assis, en train de se détendre et de discuter après le dîner quand le téléphone de Ghost sonna. De toute évidence, il reconnut le numéro et ne donna pas d'importance au fait que les autres entendent sa conversation, car il ne se donna pas la peine de se lever du canapé pour décrocher.

— Ghost à l'appareil. Salut Fish, comment ça va ? Comment va Bryn ?

Il sourit au groupe tout en écoutant ce qu'on lui disait à l'autre bout de la ligne.

— Vraiment ? Elle a dit ça ? Bon sang, j'adore ta femme, mec. Elle est géniale.

Sadie sentit Chase se raidir à côté d'elle quand Ghost commença à parler, mais elle ne savait pas pourquoi. Chase avait posé la main de son bras blessé sur sa cuisse, comme s'ils s'asseyaient ainsi tout le temps, mais pour une raison ou pour une autre, quand Ghost commença à parler à son ami, il enfonça ses doigts dans sa jambe presque douloureusement.

Elle se tourna vers lui, et il était en train de fixer Ghost du regard le plus intense qu'elle ait jamais vu.

— Chase ? demanda-t-elle doucement alors qu'elle commençait à s'inquiéter.

Ghost était encore en train de parler.

— Quand tu auras cette nouvelle prothèse, préviens-nous. Ça m'intéresse de savoir si tu l'apprécies et si elle est aussi high-tech qu'on le prétend. Annie dit que tu lui manques. Elle est frustrée que nous n'ayons pas pu te voir récemment. Après avoir entendu parler de Bryn, elle a hâte de la rencontrer.

— Quel est son nom de famille ? demanda Chase à voix haute, faisant sursauter Sadie.

Il n'essayait pas d'être poli ; il avait interrompu la conversation de Ghost comme s'il avait tous les droits. Il avait également l'air agacé. Comme si le fait que Ghost soit au téléphone l'énervait.

Sadie regarda Chase. De toute évidence, il serrait

les dents, car elle pouvait voir sa mâchoire se contracter. Ses lèvres étaient pincées et ses yeux, plissés. Il lui agrippait encore la jambe tellement fort qu'elle aurait probablement des bleus. Sadie voulait faire quelque chose pour l'aider, mais elle n'était pas sûre de savoir ce qui n'allait pas en premier lieu.

Ghost passa d'être détendu et jovial à être irrité — et possiblement un peu en colère — en un instant.

— Attends, dit-il au téléphone avant de le maintenir contre son torse et de fixer Chase des yeux. C'est quoi *ton* problème ?

— Tu as appelé la personne à qui tu parles « Fish ». Quel est son nom de famille ?

Ghost ne répondit pas immédiatement et les deux hommes se fixèrent du regard un long moment.

Rayne finit par briser le silence tendu.

— Munroe. Fish s'appelle Dane Munroe. Pourquoi ? Que se passe-t-il, Chase ?

Sadie observa tout le sang abandonner le visage de Chase comme s'il venait de voir un fantôme. Elle ne comprenait pas ce qui était en train de se passer, mais c'était quelque chose d'important.

Comme s'il était en transe, Chase tendit la main

vers Ghost, de toute évidence pour lui demander le téléphone.

— Chase ? demanda à nouveau Rayne, l'air extrêmement inquiète à présent.

Ghost hésita un instant, mais ce qu'il vit sur le visage de Chase le fit se pencher en avant et lui passer le téléphone.

Tout le monde dans la pièce était silencieux, conscient que quelque chose d'important était en train de se produire, mais incertain de ce dont il s'agissait.

Sadie tendit le bras et posa sa main sur la jambe de Chase, mais elle ne pensait pas qu'il soit conscient de sa présence. Bon sang, elle ne pensait pas qu'il soit conscient de qui que ce soit autour de lui.

Il dirigea doucement le téléphone vers son oreille. Sadie entendait l'homme nommé Fish à l'autre bout de la ligne ; sa voix était forte et s'entendait facilement à travers le haut-parleur du téléphone étant donné qu'elle était assise juste à côté de Chase.

— Allô ? dit Chase d'une voix hésitante.

— Qui est à l'appareil ? demanda Fish.

— Capitaine Chase Jackson. Qui est-ce ?

Il y eut une longue pause de l'autre côté de la ligne, puis Fish demanda :

— Sans déconner ? *Jackson ?*

— Oui. S'il te plaît, dis-moi que tu es qui je pense.

— Putain. Merde. Je n'arrive pas à y croire, bordel !

Sadie écarquilla les yeux face au nombre de jurons qui venaient de la personne avec qui Chase parlait. Il semblait presque aussi bouleversé que Chase.

Finalement, quand il n'eut apparemment plus de gros mots, il dit simplement :

— Je pensais que tu étais mort, mec.

Chase soupira et ferma les yeux.

— Je pensais que *tu* étais mort. Est-ce qu'il y a quelqu'un d'autre ?

Fish s'éclaircit la gorge.

— Non. Il n'y a que moi. Ghost et son équipe sont tombés sur le convoi et m'ont sauvé la vie. J'ai perdu mon bras, mais si Truck n'avait pas fait pression sur mon artère pendant les quarante minutes qu'il a fallu pour arriver au centre médical, j'aurais perdu la vie aussi. Merde, Capitaine... si j'avais su... Je... Ils t'auraient sorti de là aussi. Je pensais que tu étais *mort*.

L'émotion sur le visage de Chase était évidente aux yeux de tous dans la pièce. Personne ne dit rien ; même la petite Annie était silencieuse tandis qu'ils observaient ce qu'il se passait devant eux.

— Ils ont bien fait. Je me suis évanoui et quand je me suis réveillé, tu avais disparu. Je pensais que les locaux s'étaient emparés de toi, dit Chase à Fish. Bon Dieu, Munroe. Je ne peux juste pas... Je n'arrive pas à croire que tu es en vie.

Une larme coula le long de la joue de Sadie, mais elle ne l'essuya pas. Le mélange de joie et de peine sur le visage de Chase était à la fois beau et déchirant. Elle savait que Fish devait être l'un des soldats du groupe qui allait secourir l'otage. Elle se souvint de l'angoisse de Chase quand il avait parlé de tous les hommes qui étaient morts dans l'explosion et de la façon dont il n'avait pas été capable de trouver la moindre information sur eux.

— Où es-tu ? demanda Chase.

— Idaho.

— Idaho ? Bon sang, qu'est-ce que tu fais là-bas ?

— C'est une longue histoire, mais en bref, j'avais besoin de partir loin de tout. Je ne peux plus être près de grands groupes de gens. Les sons forts me dérangent. Ça me convient, ici. C'est la meilleure décision que j'ai jamais prise. J'ai rencontré ma femme après avoir déménagé.

Chase ferma les yeux et inclina la tête. Il lutta contre l'émotion avant de les rouvrir et de se tourner vers Ghost et Fletch.

— Putain, je suis sacrément ravi, Munroe. Tu ne t'imagines pas.

Trop tard, Fletch mit ses mains sur les oreilles d'Annie comme s'il pouvait bloquer le mot qu'elle venait d'entendre.

— Si, Capitaine, j'imagine, répondit Fletch.

— J'aimerais te rendre visite, un jour… si tu es d'accord, dit Chase d'une voix hésitante.

— Oui. Absolument, oui. Tu pourras rencontrer Bryn, ma femme. Elle est très drôle et super intelligente. Je veux dire, *vraiment* intelligente. Mais ne te mets pas des idées en tête… je sais que tu travailles dans l'antiterrorisme. Je ne la laisserai pas se mettre dans cette merde. Tu comprendras pourquoi quand tu la rencontreras. Elle prend *trop* les choses à cœur et puis elle n'arrive plus à lâcher prise.

— J'ai hâte de la rencontrer. Je vais te repasser Ghost, maintenant.

— D'accord. Capitaine ?

— Oui ?

— Je suis ravi que tu ne sois pas mort, lui dit Fish.

— Même chose pour moi, répondit Chase.

Puis, il tendit le téléphone à Ghost. L'autre homme le prit, puis Fish et lui eurent une brève conversation avant qu'il ne raccroche.

— Tu étais là-bas ce jour-là ? demanda Ghost d'un ton grave.

Chase acquiesça.

— J'avais été affecté à l'équipe pour une mission spéciale. Tout était top secret. Ça faisait partie d'une collecte de renseignements antiterroristes. Nous étions censés y aller et récupérer cette chauffeuse de camion qui avait été prise en otage.

Fletch prit la parole.

— Bon sang, mec... nous avons vérifié tout le monde. Comment a-t-on pu te manquer ?

Chase haussa les épaules.

— Quand j'ai repris connaissance la première fois, j'ai réalisé que le siège du camion avait atterri sur moi. J'ai dû littéralement me creuser un chemin pour sortir, plus tard. Je pense qu'à cause de mes cheveux bruns et de la façon dont j'étais couvert de poussière... Je me suis juste fondu dans le paysage. Je ne suis pas surpris que vous m'ayez manqué.

Ghost secoua la tête.

— Je n'arrive pas à croire que j'ai laissé mon futur beau-frère mourir là-bas. Non. Ce n'est pas acceptable. Nous avons merdé. Tu aurais pu être capturé par les mêmes personnes qui ont enlevé la chauffeuse de camion.

— Mais ce n'est pas arrivé. Arrêtez de vous en vouloir.

Chase croisa le regard de Fletch d'abord, puis celui de Ghost.

— C'est un ordre, dit-il.

Puis, il baissa la voix.

— Munroe est en vie. C'est un miracle. Je pensais qu'il n'y avait que moi.

Rayne demanda :

— Comment diable est-ce possible que tu n'aies pas su pour Fish ? Je veux dire, il était dans les parages quand cette merde est arrivée avec Kassie. Il était même présent au mariage d'Emily. Je sais que tu n'y étais pas, mais quand même. Il est venu ici. Et est-ce que je n'ai pas parlé de lui devant toi ? Ce n'est pas comme si tu vivais dans une bulle.

Chase se tourna vers sa sœur.

— Je ne sais pas. Nous parlons, mais je n'ai mentionné cette mission à personne... enfin, à part Sadie, et c'est très récent. Je ne traîne pas avec Ghost et les autres très souvent à cause des règles de fraternisation. L'armée n'aime pas beaucoup que les soldats passent du temps avec les officiers.

— Eh bien, c'est tout simplement stupide, dit Rayne entre ses dents.

Chase sourit, mais poursuivit.

— Merci, dit-il en regardant les deux agents de la Delta Force. Merci d'avoir trouvé Munroe et de l'avoir sorti de là. Merci pour ce que vous faites, et merci en particulier de m'aider à protéger Sadie.

— Oublie ça, dit Ghost. Tu n'as pas à nous remercier. C'est notre travail.

— Exactement, acquiesça Fletch.

— Et Fish aurait fait exactement la même chose si les rôles avaient été inversés, dit Ghost.

— Exactement, dit Fletch.

— Et je sais qu'il n'est pas là, mais s'il te plaît, remercie Truck pour moi, de ne pas avoir abandonné Munroe, dit Chase en regardant Ghost. Je ne connais pas tous les détails, seulement ce qu'il m'a dit au téléphone à l'instant, mais vous auriez pu facilement abandonner. Supposer qu'il se viderait de son sang, mais ce n'est pas ce que vous avez fait. Savoir que l'un de ces hommes est en vie aujourd'hui... et heureux en ménage... Je... Je ne sais tout simplement pas quoi dire.

— Capitaine, commença Ghost en se penchant en avant et en appuyant ses coudes sur ses genoux.

Son regard intense croisa celui de Chase.

— Truck dirait sans aucun doute la même chose s'il était là. Tu n'as *pas* à nous remercier. Alors, ne recommence pas. Si un quelconque des autres hommes avait eu ne serait-ce qu'un pour cent de chances de s'en sortir vivant, nous aurions essayé de le sauver. Le fait que Fish était en train de se vider de son sang et perdrait de toute évidence son bras ne nous a rendu que plus déterminés encore à lui sauver la vie. Et si nous t'avions trouvé là-bas, nous aurions fait la même chose pour toi.

L'atmosphère de la pièce était chargée. Les émotions de tout le monde étaient palpables.

Comme si elle savait que l'ambiance devait être apaisée, Annie descendit des genoux de Fletch et se dirigea vers Chase. Elle ne posa pas de question, se contenta de grimper sur *ses* genoux et de mettre ses deux mains sur ses joues.

Sadie sourit et s'écarta, donnant un peu d'espace à la petite fille.

Annie se pencha en avant et frotta son nez contre celui de Chase, puis se redressa tout en laissant ses mains sur son visage et dit :

— La prochaine fois, ne t'endors pas quand mon papa vient te secourir.

Tout le monde éclata de rire.

D'une manière ou d'une autre, Chase parvint à garder le contrôle de lui-même ; il posa ses mains sur la tête d'Annie et l'attira vers lui pour pouvoir l'embrasser sur le front.

— D'accord. Merci, Annie.

Et sur ces mots, Annie hocha la tête et descendit de ses genoux. Elle se dirigea à nouveau lentement vers Fletch et il la remit sur ses genoux.

Sadie passa un bras derrière Chase et posa sa main sur sa hanche, puis enroula ses jambes sur le canapé. Elle s'appuya contre lui et posa sa main libre sur son torse. Il la recouvrit de la sienne et enroula prudemment son bras blessé autour de son dos.

Il inhala, puis laissa échapper un grand soupir et Sadie le sentit fondre contre elle, comme si toutes les inquiétudes qu'il avait eues avaient été relâchées dans ce soupir. Le fait de savoir que l'un des hommes qu'il pensait morts n'était pas seulement en vie, mais heureux en ménage était de toute évidence suffisant pour l'aider à libérer une partie de la tension qu'il avait emmagasinée.

La discussion se dirigea vers des sujets généraux et quotidiens, jusqu'à ce qu'elle finisse par revenir sur Jonathan, et la raison pour laquelle Chase et elle étaient dans cette maison en premier lieu.

— Nous devons parler de Jonathan, dit Chase, mais il regarda Fletch et Annie avec insistance, en haussant les sourcils.

Saisissant l'allusion, Emily se leva et dit :

— Sur ce, je pense qu'il est l'heure pour Annie d'aller dormir.

— Mais Maman, se plaignit la petite fille, je veux entendre la stratégie pour protéger Sadie du méchant !

— Quand tu seras une soldate à part entière, tu pourras faire partie des réunions stratégiques, lui dit Fletch. Mais pour l'instant, nous avons déjà dépassé l'heure d'aller se coucher et tu dois aller dormir un peu.

Elle gémit encore un instant, de toute évidence fatiguée, mais elle finit par laisser sa mère la prendre des genoux de Fletch et l'emmener dans sa chambre.

— Est-ce que je devrais partir aussi ? demanda Rayne, qui était à côté de Ghost, à voix basse.

Chase secoua la tête.

— Non, je pense que tu dois entendre tout ça. La dernière chose que l'on veut, c'est qu'Emily, Annie ou toi soyez vulnérables face à ce connard.

Sadie frémit et sentit le bras de Chase se resserrer autour d'elle.

— Voilà ce qu'il va se passer. L'oncle de Sadie va venir demain avec Ian Taggart. Le simple fait qu'ils soient là tous les deux aidera beaucoup pour nous donner le dessus. Ils faisaient aussi partie des Forces Spéciales, et ce sont des durs à cuire. Et Sadie est certaine qu'il s'agissait de Jonathan, aujourd'hui. Il a crevé mes quatre pneus et a mis ma voiture hors d'usage dans le parking pour se donner une chance de l'atteindre.

— Comment a-t-il découvert qu'elle était ici ? demanda Ghost.

— Je n'en suis pas sûr. Je suppose qu'il y a peut-être encore quelques officiers à San Antonio qui se rendaient à l'école à l'époque et qui n'ont pas été arrêtés après le coup de filet. Il est possible qu'il les fasse chanter pour obtenir des informations sur la localisation de Sadie.

— Pourquoi veut-il te trouver à ce point ? demanda Rayne

Sadie se mordit la lèvre et baissa les yeux vers ses genoux. Elle ne voulait pas le dire à *Chase* ; il était hors de question qu'elle le dise à sa nouvelle amie et aux Delta.

Heureusement, Chase vint à son secours.

— Ça n'a pas d'importance. Tout ce qui compte, c'est que c'est le cas. Alors, parlons des scénarios possibles.

Sadie serra la taille de Chase en signe de remerciement silencieux et il agrippa la main qu'elle avait posée sur sa poitrine en réponse. Elle se détendit davantage à côté de lui, se sentant connectée à lui comme elle ne l'avait jamais ressenti avec personne depuis très longtemps.

Emily revint après avoir installé Annie et elle se dirigea immédiatement vers son mari. Elle prit la place d'Annie sur ses genoux et la conversation continua.

La discussion fut rapide et énergique, les idées et les pensées venant principalement des hommes. Ils discutèrent de différentes manières de protéger Sadie et les autres femmes contre Jonathan, de ce qu'ils pensaient qu'il ferait si, Dieu les en garde, il mettait la main sur l'une d'entre elles. Ils parlèrent de ce que les femmes devraient faire si elles se retrouvaient prises en otage par lui. Finalement, ils établirent un plan à propos de ce qu'ils devraient faire si Jonathan n'était pas arrêté au cours de deux prochains jours. La dernière chose que qui que ce soit voulait, c'était que la menace s'étende sur plusieurs semaines ou mois.

Sadie savait que s'offrir comme appât serait la solution parfaite dans cette situation, mais elle savait aussi que Chase ne la laisserait pas faire, sans parler de ses oncles.

Comme s'il pouvait lire ses pensées, Fletch dit :

— Ce n'est qu'une suggestion — je ne ferais pas mon travail si je ne mentionnais pas au moins l'idée — et si Sadie allait quelque part toute seule ? Nous pourrions la surveiller de loin et si Jonathan se pointe, nous pourrions l'arrêter.

Curieusement, ce ne fut pas Chase qui répondit le premier, mais Ghost.

— Hors de question.

— Nous la surveillerions, et les Taggart aussi. Il ne lui arriverait rien.

— Nous ne mettrons pas l'un des nôtres en danger. Point final. De plus, Jonathan a beau être un pédophile et sacrément taré, cela ne veut pas dire qu'il est stupide. Il saurait que c'est un piège. Elle était avec Chase aujourd'hui, et peu après qu'il a essayé de le descendre, Fletch et moi sommes arrivés. Il sait qu'elle a une unité de protection. De plus, est-ce que tu voudrais qu'Emily soit dans cette situation ? Peut-être que nous devrions envoyer Annie au parc toute seule ?

— Non, ce n'est pas... commença Fletch, mais il fut interrompu par Ghost.

— Voilà. Juste parce que Sadie est nouvelle dans ce groupe ne veut pas dire qu'on peut la sacrifier. Ce n'est pas le cas, bordel.

Les yeux de Sadie se remplirent de larmes en entendant Ghost la défendre. C'était vrai, il ne la connaissait pas, et les autres hommes et femmes qui étaient présents dans cette pièce non plus, mais cela n'avait pas d'importance. Il n'allait pas la laisser se mettre en danger juste pour mettre fin à une menace envers les autres.

Elle commença à réaliser pour la première fois que si elle allait être à Chase — *vraiment* être à Chase — Ghost pourrait finir par être son beau-frère et Rayne serait sa belle-sœur.

Soudain, elle eut envie de ça. Avec chaque fibre de son être. Mais elle était vraiment en train de brûler les étapes. Elle n'avait même pas embrassé Chase. C'était stupide de penser au mariage... pas vrai ?

Peut-être pas, étant donné le nombre de fois où Chase avait dit qu'elle était à lui et qu'il la désirait. Il avait même dit clairement qu'il voulait l'épouser.

Levant les yeux vers Chase, Sadie sourcilla face à l'émotion qu'elle vit sur son visage. Il fixait Fletch, les yeux plissés et les lèvres pincées. Apparemment, il était en colère contre lui pour avoir suggéré qu'elle soit utilisée comme appât. Elle avait pensé qu'il était intense quand il avait été en train de parler à ce Fish au téléphone. Mais ce n'était rien comparé à ce qu'elle voyait à ce moment-là.

— Tu as raison, dit Fletch avant de se tourner vers Sadie. Je m'excuse auprès de toi aussi. Je ne voulais pas vraiment dire que l'on devrait t'utiliser comme ça, je lançais juste des idées. Pour essayer de penser à des manières de te mettre en sécurité le plus vite possible.

Elle lui adressa un hochement de tête. Elle n'avait pas une mauvaise opinion de lui ; en réalité, elle était surprise que personne n'ait avancé l'idée plus tôt.

Après qu'une autre heure s'est écoulée, les hommes semblèrent s'être mis d'accord sur une espèce de plan. Tout reposait sur Jonathan et sur son degré de folie. Sadie avait la sensation que Jonathan passerait à l'action plus tôt que tard. Il était énervé. Et obsédé. Rien que ça lui donnerait désespérément envie de mettre la main sur elle et, avec un peu de chance, il tomberait en plein dans le piège que les Deltas lui tendaient.

— Emily nous a abandonnés, dit doucement

Fletch. Elle a tendance à s'écrouler de fatigue à cause de la grossesse. Je vais la mettre au lit. Sa femme s'était déplacée pour s'allonger sur le canapé, à côté de lui, et elle dormait d'un sommeil de plomb. Même si elle était grande, elle semblait presque menue, endormie à côté de son mari musclé.

— Je suis à moitié endormie aussi, dit Rayne à Ghost, bâillant comme pour souligner ce qu'elle disait.

Tandis que le groupe commençait à se séparer, Fletch se dirigea vers Sadie, qui était assise à côté de Chase. Il s'accroupit devant elle et dit :

— Je suis désolée si je t'ai blessée, Sadie. Je ne pensais pas que c'était la meilleure des propositions, mais j'essayais juste de trouver une idée qui aiderait à en finir avec tout ça pour toi.

Elle ne s'était pas attendue à ce qu'il s'excuse à nouveau, par conséquent, elle ne dit rien. Chase répondit avant qu'elle ne puisse penser à une réponse.

— Me refais pas ce genre de truc, Fletch. Je comprends qu'avant, utiliser des gens comme appât était quelque chose dont ton équipe avait parlé, et qu'elle a même fait, mais cette époque est révolue. Nous sommes trop nombreux à avoir nos propres femmes pour envisager encore ça comme une option viable.

— Tu as raison. C'était une idée à la con de suggérer ça, étant donné les circonstances.

Voyant qu'aucun des deux hommes ne disait quoi que ce soit d'autre, Sadie sut qu'elle devait mettre fin à son pseudo-silence. Elle posa une main sur le bras de Fletch.

— Ce n'est pas grave. Je comprends, vraiment. Elle lui adressa un petit hochement de tête.

— Nous te protégerons, Sadie. Nous sommes entraînés pour ce genre de bordel. Tu as travaillé un moment chez McKay-Taggart avant d'aller à San Antonio, pas vrai ? Je suppose que les agents là-bas étaient tout aussi protecteurs de leurs épouses que nous le sommes des nôtres, dit Fletch.

Sadie acquiesça. Elle le savait, effectivement. Ian et les autres veillaient toujours sur leurs compagnes. Et si elle était honnête envers elle-même, c'était plutôt génial de savoir qu'elle avait quelqu'un sur qui compter, qui l'aidait à prendre des décisions à propos de ce qui était important dans sa vie, et qui la défendrait et la protégerait dans le pire des cas.

— Je comprends, dit-elle à Fletch.

Il hocha la tête et se releva, puis tendit la main pour l'aider à se lever et Sadie la prit. Chase vint immédiatement à ses côtés, prenant sa main de celle de Fletch. Elle aurait ri, mais n'en avait pas la force.

— À demain matin, dit Chase. Tu prends le premier tour de garde ?

— Oui. Je vais installer Emily et je réveillerai Ghost dans une heure.

— Parfait.

— À plus tard, Monsieur.

Tandis qu'ils se dirigeaient vers leur chambre, Sadie demanda à Chase :

— Pourquoi est-ce qu'ils t'appellent « Monsieur » ?

— Pour faire court, mis à part Ghost, ce sont ces soldats et je suis un officier. C'est enraciné en nous de nous parler ainsi. Même si ce sont mes amis, il est techniquement illégal que je traîne avec eux pour faire copain-copain.

— C'est *vraiment* stupide, dit Sadie. Je ne comprends pas.

— Vois les choses sous cet angle, essaya de lui expliquer Chase. Si nous devons aller combattre ensemble, je vais donner les ordres. On attend d'eux qu'ils les respectent. Si nous sommes amis, je pourrais ne pas donner les bons ordres pour aller au combat, car je ne veux pas que mes amis soient blessés, ou ils pourraient douter de mon autorité à cause de notre relation personnelle. C'est une situation délicate et c'est pour cela que la règle de non-fraternisation est en vigueur.

Chase ferma la porte de la chambre derrière lui alors qu'il finissait de parler.

— Oui, d'accord. Ça a du sens. Mais ça craint. Car je veux que vous soyez tous amis. Ce sont des gens géniaux.

— Ouaip. Mais quand Ghost épousera ma sœur, nous ferons légalement partie de la même famille, alors cela veut dire que l'armée ne vous laissera probablement pas travailler ensemble à n'importe quel titre. Et étant donné qu'il n'a aucune intention de quitter l'équipe, cela veut dire que je n'aurai pas à m'inquiéter de commander Fletch, Truck et les autres. Alors je ne me sens pas mal à l'idée de rester ici ce soir, ou un quelconque autre soir, ou de travailler avec eux pour te protéger.

— C'est une bonne chose.

— Oui, Sparky, c'est une bonne chose. Maintenant, et si tu te préparais pour aller au lit ? Nous allons discuter, et puis nous verrons si nous pouvons reprendre là où nous nous sommes arrêtés quand Annie nous a interrompus, plus tôt.

— Tu en as encore envie ? demanda-t-elle.

Chase se pencha et Sadie inhala son odeur

unique de menthe poivrée. Il posa sa main sur son cou et elle frémit tandis que son doux toucher lui donnait la chair de poule sur les bras.

— J'en ai encore envie. Même si nous parlions de manières de te protéger en bas, la seule chose à laquelle je pouvais penser, c'était de te ramener ici, de t'allonger sur le lit et de te montrer exactement à quel point tu comptes pour moi.

Sadie ne pouvait que le fixer du regard. Elle avait rêvé de l'entendre dire quelque chose comme ça presque depuis le moment où elle l'avait rencontré. À présent, elle pouvait à peine croire qu'il l'avait vraiment dit.

— Va te changer. Je t'ai laissé quelque chose à porter au lit dans la salle de bains. Je vais aller utiliser la salle de bains de la chambre d'amis, au bout du couloir.

Puis, sans prévenir, il s'approcha et couvrit ses lèvres des siennes.

Surprise, Sadie haleta et il tira profit de son choc pour faire entrer sa langue dans sa bouche. Son baiser n'était pas hésitant. Ce n'était pas une exploration du type « premier baiser », « voyons ce qui pourrait lui plaire ». Il la dévorait. Tenant l'arrière de sa tête dans sa main et ne la laissant pas s'écarter, non pas qu'elle ait envie qu'il le fasse.

Après le choc initial, Sadie gémit et lui donna ce qu'il voulait. Elle ouvrit plus grand la bouche et inclina la tête, lui permettant de la dévorer.

Il s'écarta après plusieurs moments de baisers intenses et la fixa du regard. Il se lécha les lèvres et prit une grande inspiration.

— Va te préparer pour aller au lit, Sparky.

— D'accord, murmura-t-elle, mais aucun d'eux ne bougea.

Il laissa finalement échapper un petit rire et s'écarta d'elle.

— Allez. Si tu n'y vas pas maintenant, je ne vais pas pouvoir me contrôler et nous n'allons pas discuter d'abord.

— Peut-être que nous pouvons éviter la discussion, dit Sadie avec espoir.

Faire l'amour avec Chase semblait bien plus tentant que parler de Jonathan.

— La discussion d'abord, puis je vais faire l'amour avec toi tout le reste de la nuit. Je veux savoir où tu es le plus sensible, comment et où tu aimes qu'on te touche, et quel goût tu as.

— Chase, haleta Sadie, les genoux faiblissant face aux images que ses mots évoquaient.

Sans ajouter un seul mot, Chase se retourna et sortit de la pièce.

Sadie leva la main vers ses lèvres et en traça le contour. Puis, elle sourit et se précipita dans la salle de bains pour se préparer à aller au lit.

Il avait beau ne pas l'avoir fait dans ce but, le baiser était la meilleure motivation à parler qu'elle ait jamais eue. Elle parlerait de Jonathan à Chase, avec un peu de chance il aurait encore envie d'être avec elle, puis elle aurait enfin l'homme qu'elle avait désiré bien trop longtemps.

La journée n'avait pas été terrible, mais si elle terminait avec Chase en elle, elle la revivrait sans l'ombre d'une hésitation.

Chase était allongé sur le lit, attendant que Sadie sorte de la salle de bains. Cela faisait un moment qu'elle était à l'intérieur, mais il n'avait pas l'intention de la presser. Il en avait déjà assez fait en l'embrassant de cette façon, sans parler du fait qu'il lui avait dit qu'il voulait lui faire l'amour toute la nuit.

Il n'avait pas menti, même s'il n'aurait probablement pas dû être aussi direct. Mais être assis à côté d'elle toute la nuit, respirer son odeur et la tenir dans ses bras l'avait tellement excité qu'il n'aurait pas pu se retenir même si sa vie en dépendait.

Elle pensait probablement qu'il s'était complètement déconnecté d'elle quand il avait parlé avec Munroe. Qu'il n'avait pas eu la moindre idée qu'elle lui caressait la jambe d'un geste réconfortant alors qu'il arrivait à peine à garder le contrôle de lui-même. Découvrir qu'il n'avait *pas* été le seul homme à survivre à cette horrible mission avait été surprenant, exaltant et frustrant à la fois. Son officier commandant aurait dû le lui dire. Il comprenait que la mort de toute une équipe de la Delta Force ne soit divulguée qu'aux personnes directement concernées... mais merde. *Il* avait été directement concerné. Pendant des mois, il avait pensé que tous les soldats de la Delta Force étaient morts aux mains d'ISIS. La culpabilité qu'il avait ressentie pour avoir été le seul à être sorti de cette mission de secours ratée l'avait dévoré.

Il pleurait encore les autres hommes qui étaient morts, mais découvrir que Munroe était en vie et qu'il allait bien était un miracle.

Sadie était restée à ses côtés, elle ne s'était pas éloignée tandis qu'il lui serrait la jambe, le soutenant silencieusement pendant qu'il paniquait. Cela n'avait pas de prix à ses yeux.

Et il voulait cela pour le reste de sa vie. Son soutien. Il le prendrait et lui en rendrait dix fois plus. Et seule Sadie pouvait lui donner ce type de soutien. Personne d'autre ne lui conviendrait. Personne d'autre ne pouvait l'apaiser quand il se sentait comme s'il était en train de se noyer dans un océan d'émotions. Personne d'autre ne pouvait le faire sourire quand il pensait qu'il ne pourrait plus jamais sourire.

Il en avait assez d'attendre.

Honnêtement, la raison pour laquelle Jonathan était obsédé par elle ne l'intéressait plus. Ce que Sadie avait fait ou pas n'avait plus la moindre fichue importance. Ce connard ne mettrait pas la main sur sa femme. Le passé était le passé, et quoi qu'il soit arrivé quand il était avec elle dans cette chambre à Bexar pouvait disparaître avec Jonathan, en ce qui concernait Chase.

Mais cela avait de l'importance pour Sadie. Il le voyait dans ses yeux chaque fois qu'il la regardait. Elle était morte de peur que ce qu'elle lui dirait le ferait fuir. Mais elle ne se rendait pas compte. Il n'irait nulle part. Il lui appartenait, avec un peu de chance, elle était à lui, et il n'y avait rien de plus à dire.

Mais pour qu'elle lâche prise, elle devait avouer ce qu'elle avait sur le cœur. Elle devait lui raconter ce qu'il s'était passé pour qu'il puisse la rassurer, lui dire qu'il continuait de la désirer... de l'aimer... et ils pourraient aller de l'avant. Une fois qu'elle le lui aura dit, il lui montrerait d'une manière des plus intimes que ce putain de Jonathan Jones ne se mettrait jamais entre eux. Pas à ce moment-là, pas maintenant, et jamais à l'avenir.

Chase entendit un bruit et tourna la tête vers la salle de bains. Il prit une rapide inspiration et sentit son sexe s'allonger d'excitation.

Sadie se tenait dans l'encadrement de la porte de la salle de bains, l'air incertain. Elle portait son tee-shirt, et il était incroyable sur elle. Il était trop grand, bien entendu, mais étant donné que Chase n'était pas beaucoup plus grand qu'elle, il lui arrivait en haut des cuisses. Il savait que si elle se retournait et qu'elle se penchait en avant, il pourrait tout voir. Il ignorait si elle portait une culotte ou pas, mais cela n'avait pas d'importance.

Il tendit la main.

— Viens ici, Sadie.

Elle tira sur le bas de son tee-shirt et traîna des pieds jusqu'au lit en se mordant la lèvre. Les taches de rousseur sur son visage étaient presque obscurcies par le rouge qui brillait fortement sur ses joues. Il replia les couvertures et sourit tandis que Sadie se précipitait en avant et s'asseyait sur le lit.

Elle s'allongea et il tira les couvertures sur eux. La seule lumière dans la pièce venait d'une lampe située de l'autre côté du lit. Elle propageait une douce lueur, de façon qu'il puisse voir son visage et jauger ce qu'elle pensait, mais n'était pas assez éclatante pour rompre la douce ambiance.

Chase attira Sadie contre lui jusqu'à ce qu'elle soit allongée contre son flanc, la tête posée sur son épaule. C'était la première fois qu'ils étaient allongés ensemble dans un lit. Oh, il rêvait de cela depuis un mois, mais il s'était contrôlé. Cela l'avait presque tué de lui dire bonne nuit tous les soirs et de ne pas la suivre dans la chambre d'amis, mais il l'avait fait. Et maintenant qu'il la tenait contre lui au lit ? Il ne la laisserait plus jamais dormir seule à nouveau.

Il sentait ses jambes nues contre les siennes et il serra les dents pour essayer de contrôler son érection. Tout ce qu'il voulait, c'était rouler sur Sadie et lui faire l'amour jusqu'à ce qu'aucun d'eux ne se souvienne de son nom. Il essaya de se dire d'être patient.

— Ça va ? demanda-t-il doucement.

Elle acquiesça contre son épaule.

Chase attendit un instant, mais voyant qu'elle n'ajoutait rien, il dit :

— Parle-m'en.

Il ne développa pas davantage ce dont il voulait parler, supposant qu'elle le savait.

Il pensa honnêtement que Sadie s'était

endormie ou qu'elle allait l'ignorer, mais elle finit par commencer à parler d'une voix basse et fatiguée.

— Quand j'ai eu des soupçons à propos de ce qu'il se passait dans cette école, je n'ai pas hésité à appeler mon oncle. J'ai supposé qu'il pourrait faire quelque chose. J'ai été stupide de ne pas le dire à Milena. J'aurais dû l'empêcher d'aller là-bas jour après jour. Mais je savais à quel point ce travail comptait pour elle et les adolescents dont elle s'occupait lui importaient vraiment.

— Tu n'étais pas sûre à cent pour cent de ce qu'il se passait, et être prudente n'était pas une mauvaise chose.

Elle ne fit pas de commentaire, mais poursuivit son histoire.

— J'y suis allée simplement pour lui rendre visite et la convaincre de me laisser l'accompagner quand elle allait à l'école pour travailler. Elle ignorait ce qu'il se passait là-bas, Chase. Elle l'ignorait complètement.

Le doigt de Sadie dessinait des motifs aléatoires sur son torse ; Chase lui prit la main et la déplia dans la sienne, essayant de l'apaiser et de l'encourager à la fois.

— Je n'ai pas eu l'occasion de voir une seule des petites filles quand j'étais là-bas. Nous n'étions pas autorisées à quitter la zone où les adolescentes enceintes étaient logées. Mais après le coup de filet, quand les agents du FBI m'interrogeaient, je les ai obligés à me dire ce qu'ils savaient.

Jeremiah et Jonathan étaient des personnes horribles. Tout ce qu'ils ont fait à ces pauvres filles était terrifiant. Et le fait, pour ainsi dire, qu'ils les louaient à d'autres pédophiles de la communauté ne faisait qu'empirer les choses. Tout cela me rendait tellement malade. Même si j'étais là-bas pour Milena, j'avais l'impression que j'aurais dû faire quelque chose de plus pour aider ces filles. Les agents m'ont dit que Jeremiah avait choisi personnellement un groupe de filles pour Jonathan. Il a dit à certaines d'entre elles qu'elles n'étaient pas assez chanceuses pour avoir été choisies par le leader, mais qu'être offertes à son fils était presque aussi bien. D'autres étaient des filles dont Jeremiah ne voulait plus parce qu'elles étaient devenues trop âgées pour lui.

Chase détestait ce qu'il entendait, mais honnêtement, il n'était pas surpris. Il avait fait partie de la réunion du compte-rendu du FBI à propos de Jeremiah Jones et de ce que le fondateur avait fait dans cette école. Il avait lu les transcriptions des interrogatoires de certaines adolescentes et petites filles qui avaient été secourues. Elles allaient toutes avoir besoin d'une thérapie approfondie pour se remettre du lavage de cerveau dont elles avaient été victimes.

Il tourna la tête et posa ses lèvres sur le front de Sadie. Chase resta ainsi, laissant, avec un peu de chance, son affection et son intérêt pénétrer en elle grâce à leur contact chair contre chair. Après un moment, elle poursuivit.

— Même si je savais que Jonathan était tout aussi mauvais que son père, je n'avais pas vraiment peur de lui. Je pensais que Milena était en danger, pas moi. Quand il nous a enlevées, honnêtement, je n'étais pas inquiète. Je veux dire, je l'étais, mais pas pour moi. Alors quand Jonathan m'a emmenée, ça m'a choquée. Je ne pensais pas vraiment clairement. C'était tellement irréel quand il a commencé à me dire ce qu'il voulait me faire. Qu'il voulait que je sois une pondeuse pour lui donner un bébé qu'il pourrait violer à cœur joie.

Ça m'a presque brisée. Je pouvais supporter presque tout ce qu'il me ferait, mais l'idée qu'il prenne mon enfant et qu'il lui fasse du mal... Ça m'a rendue folle. Donc, après qu'il m'a emmenée dans la chambre, et avant qu'il ne m'assomme, je... je l'ai laissé me toucher. Il a soulevé mon tee-shirt et a agrippé mes seins. Il m'a dit à quel point j'étais laide et comme me baiser serait douloureux pour moi *et* pour lui. Mais que le résultat final en vaudrait la peine.

Sadie leva les yeux vers lui à ce moment-là, la douleur, l'embarras et la honte brillant dans son regard.

— Il m'a fait mal, Chase. Il m'a tordu les tétons, a serré mes seins, il a même mis sa main sur ma gorge pour m'obliger à rester allongée quand j'ai essayé de résister face à ce qu'il faisait. Il a dit qu'il aimait comme il était facile pour lui de marquer ma peau pâle. Qu'il pourrait apprendre à apprécier le fait de baiser une femme plus âgée. Il a dit qu'il pourrait me faire plus de mal qu'aux fillettes. Que je pouvais en supporter davantage qu'elles. Je... Je ne voulais pas le faire... mais je savais que je devais essayer de gagner du temps. Je savais que le petit ami de Milena finirait par venir la chercher... alors j'ai fait tout ce que je pouvais pour m'assurer qu'il soit distrait.

Voyant qu'elle ne poursuivait pas, Chase l'attira sur lui, ne souhaitant pas la bloquer sous lui si elle avait été violée par ce connard, et demanda :

— Quoi, Sparky ? Qu'est-ce que tu as fait ? Dis-le une fois et ensuite, nous n'aurons plus jamais besoin d'en reparler.

Sadie ferma les yeux et sa respiration accéléra.

Chase reconnut sa réaction comme étant une réaction de lutte ou de fuite. Il passa doucement ses mains sur sa peau, sans la presser pour qu'elle poursuive et sans la tenir contre son gré.

Finalement, elle dit :

— J'ai fait semblant d'avoir un orgasme pendant qu'il me faisait mal. J'ai lancé ma tête en arrière et j'ai fait la prestation de ma vie. Mis à part le fait que les larmes qui coulaient de mes yeux n'étaient pas causées par l'extase, mais par la douleur. Et il l'a avalé, l'hameçon, la ligne et le plomb. Je pensais qu'il allait arracher mon pantalon quand j'ai terminé de gémir et de trembler comme une star de la pornographie, mais au lieu de ça, son toucher s'est adouci. Il m'a caressé plusieurs minutes pendant que je faisais semblant de redescendre de mon orgasme. Ensuite, il m'a tourné la tête et m'a obligée à l'embrasser. Longtemps. Je pleurais encore et je tremblais à cause de la douleur dans ma poitrine, mais je l'ai embrassé. Je l'ai embrassé comme si je ne pouvais pas me rassasier de lui, tout en essayant de ne pas avoir un haut-le-cœur. Ensuite, il m'a pris la main et l'a menottée au lit. Il a ricané en me regardant et m'a dit qu'il savait que j'étais une salope depuis le début, comme toutes les femmes, et qu'il allait prendre du plaisir à me faire du mal, mais qu'il allait planter sa graine en moi là et maintenant.

Sadie prit une grande inspiration puis dit :

— Mais avant qu'il ne puisse faire quoi que ce soit, son téléphone a sonné pour indiquer qu'il avait reçu un message. Je ne sais pas qui c'était, peut-être Jeremiah, mais il m'a assommée à ce moment-là. Quand j'ai repris connaissance, il m'a fait sortir de cette pièce et m'a emmenée dans une autre, où j'ai vu Milena et son fils. Jeremiah tenait JT, et Jonathan et lui se sont dit au revoir. Ensuite, Jonathan m'a ramenée dans la chambre. Il m'a embrassée à nouveau et je pensais que si je lui rendais son baiser, si j'étais docile, peut-être que je trouverais une occasion de m'échapper. Mais il m'a souri. Un sourire horrible et malfaisant qui m'a donné envie de vomir. Il m'a dit qu'il voulait finir ce qu'il avait commencé plus tôt. Il a menotté à nouveau un de mes poignets puis s'est penché au-dessus de moi pour prendre quelque chose dans le tiroir de la table qui était à côté du lit.

L'idée de ce qu'il a pu faire à d'autres sur ce même lit... de ce qu'il voulait me faire... ça m'a mise tellement en *colère* ! Mon pied a bougé avant que je n'y pense. Je lui ai donné un coup de pied de toutes mes forces ; il a heurté sa tête contre la table et il est tombé comme un tronc mort dans la forêt.

Elle ferma les yeux puis termina rapidement.

— J'ai arraché la menotte en Velcro de mon poignet. Je n'ai pas attendu pour voir si Jonathan me poursuivait ou pas, je me suis juste échappée.

— Tu m'épates, lui dit doucement Chase.

Elle secoua la tête.

— Je l'ai *embrassé*, Chase. Je l'ai laissé me toucher de mon plein gré.

— N'importe quoi, réfuta-t-il. Tu l'as dit toi-même, tu gagnais du temps en attendant que les secours arrivent. Tu *me* donnais du temps pour arriver jusqu'à toi. Tu t'es comportée de manière altruiste et courageuse. Tu as fait ce que tu avais à faire.

— Tu ne dirais pas ça si j'avais couché avec lui. S'il m'avait mise enceinte.

— Faux, dit Chase d'un ton dur. Même si tu ne t'étais pas débattue, ça aurait quand même été un viol. *Il* était fautif, Sadie, pas toi. Mais il faut que tu saches que même s'il t'avait prise, avec ou sans ton consentement, même si tu étais tombée enceinte après ça, cela ne changerait rien à ce que je ressens. Même pas un peu. Tu es à moi, Sadie Jennings. Et tout enfant que tu aurais pu avoir après cette nuit aurait été à moi. *À nous.* Sparky, je me fiche que tu aies couché avec un homme ou avec cent. À partir de maintenant, tu es à moi. Personne d'autre n'existe à mes yeux.

— Tu ne peux pas vraiment penser ça, affirma Sadie. Le nombre d'hommes avec qui une femme a été importe à tous les hommes. En particulier quand l'un d'eux pourrait avoir été Jonathan.

— Est-ce que tu aurais une pire opinion de moi si je te disais que j'avais été avec cent femmes ? Que j'avais eu des petites amies depuis que j'ai quinze ans.

— Eh bien… non.

— Pourquoi pas ?

— Tu es un homme. C'est différent.

— Non. Ce n'est pas du tout différent. C'est la putain de société qui a convaincu les femmes qu'il n'y a pas de problème si un homme couche à droite à gauche et se fiche de sa vertu. Ça fait de lui un tombeur. Mais une femme doit garder sa virginité comme si on était au dix-huitième siècle, sinon, c'est une salope ou une pute.

Sadie le regarda, les yeux écarquillés. Il vit le moment où elle fut convaincue.

— Je vois que tu comprends. Écoute, nous avons tous un passé. Bon, mauvais et moche. Il y a des choses que j'aurais aimé faire différemment en gran-dissant, mais je ne peux pas changer quoi que ce soit. Je ne peux qu'aller de l'avant. Mais le fait que tu aies consciemment pris la décision de faire le néces-saire pour vous faire gagner du temps, à toi et à Milena, est quelque chose dont tu ne devrais *jamais* avoir honte.

Elle laissa retomber sa tête et heurta l'épaule de Chase. Elle posa les paumes sur son torse. Elle écarta les jambes et se mit à califourchon sur ses hanches, faisant glisser ses genoux le long de son corps. Chase enroula ses bras autour d'elle.

Plusieurs minutes passèrent en silence. Ils se contentaient d'apprécier cette simple proximité l'un de l'autre.

Finalement, Sadie leva la tête.

— Il m'a fait mal et j'avais peur de ne pas vouloir être avec quelqu'un d'autre avant très longtemps. Voire même de ne pas être à proximité d'un homme de manière générale. Mais à la seconde où je t'ai vu, j'ai su que tu étais différent.

— Je *suis* différent, dit immédiatement Chase.

Elle sourit et il fut tellement soulagé qu'il lui aurait décroché la lune si seulement elle avait continué à lui sourire ainsi.

— Tu es à moi.

— Oui, Sparky, je le suis. Et j'espère que tu le sais déjà, mais je ne te ferai jamais de mal comme ce connard l'a fait. Jamais.

— Je le sais. Je ne serais pas ici si je ne le pensais pas.

— Alors, penses-tu que c'est pour cette raison que Jonathan te veut à ce point ? demanda Chase, souhaitant en finir avec le sujet avant de passer à autre chose. Parce que tu l'as battu ?

Sadie haussa les épaules.

— Peut-être. Je crois qu'il pense que je l'ai trahi d'une certaine façon. En faisant semblant d'avoir un orgasme et de l'embrasser, je lui ai fait croire que j'avais envie de lui. Mais quand je lui ai donné un coup de pied, il a dû se rendre compte que ce n'était qu'un mensonge. Il est obsédé par moi. Ou les bébés qu'il pense que je peux lui donner. Je pense qu'il s'est créé un fantasme dans sa tête sur le fait de construire une nouvelle école et d'avoir des petites filles rousses qui le suivent, à sa disposition pour ses envies perverses. Et il est convaincu que je suis la seule qui puisse les lui donner.

— Oui, je pense que tu as raison. Il pense probablement que tu lui appartiens. Il a grandi sous le joug de son père, alors il voit les femmes comme étant bonnes à une seule et unique chose. Au lieu de disparaître, ce qu'il aurait dû faire étant donné que le FBI le recherche, il ne peut pas digérer le fait de te perdre.

Sadie frémit sur lui et Chase se serait giflé s'il avait pu le faire.

— Je suis désolé, Sparky. Je n'ai pas besoin de continuer à parler de ça.

Elle secoua immédiatement la tête.

— Non. Tu ne dis rien auquel je n'ai pas pensé moi-même. Mais je pense qu'il y a quelque chose de plus. Je l'ai piégé. J'ai fait semblant d'aimer ce qu'il faisait. Je pense que j'ai blessé son ego, car je l'ai fait passer pour un imbécile et parce que je lui ai échappé.

Chase acquiesça.

— Oui, j'imagine comment ça l'aurait rendu encore plus obsédé.

— C'est juste que... J'ai vraiment envie qu'il me laisse tranquille.

— C'est mieux comme ça, dit Chase, puis il se dépêcha de s'expliquer quand elle se raidit. Réfléchis. Et s'il disparaissait vraiment ? S'il était parti au Mexique pour se cacher ? Il continuerait de se sentir de la même façon. Possessif, comme si tu lui appartenais. Mais nous ne le saurions pas. Tu reprendrais le cours de ta vie et tu ne te préoccuperais pas de lui, pensant qu'il est parti depuis longtemps. Mais ensuite, un jour, il pourrait juste revenir en ville, l'air de rien, et t'attraper.

— Tu as raison, dit immédiatement Sadie avant de frissonner. Dit comme ça, je suis absolument ravie qu'il soit impatient, immature et légèrement fou.

Chase se tourna prudemment, maintenant Sadie contre lui jusqu'à ce qu'elle soit sur le dos et qu'il soit sur elle, retenant son poids sur ses coudes. Il emmêla ses doigts dans ses cheveux et maintint sa tête immobile.

— Tu vas bien ?

— Bien ?

— Pas inquiète à propos de ce que je vais penser de ce que tu as dû faire dans cette chambre avec ce connard ?

Elle baissa les yeux, puis se mordit la lèvre tandis qu'elle croisait à nouveau son regard.

— Tu n'as vraiment pas une pire opinion de moi parce que je l'ai laissé me toucher ?

— Non, Sparky. Pas même un peu. En fait, écouter ce qui t'est arrivé de ton point de vue ne me fait qu'avoir plus d'estime pour toi.

Pendant plusieurs secondes, aucun d'eux ne dit un mot, puis Sadie murmura :

— Tu me fais l'amour ?

— Si je fais quoi que ce soit qui te mette mal à l'aise, tu me le dis, ordonna Chase. Si je te touche et que ça te rappelle trop de mauvais souvenirs, dis-le. Si on commence et que tu paniques, dis-le-moi. Peu importe si je suis en toi et que tu as un flashback, tu me le dis et j'arrêterai. La dernière chose que je veux, c'est que ce soit quelque chose que tu tolères plutôt que quelque chose que tu désires plus que de respirer... et c'est à ce point-là que j'ai envie de toi.

— Chase... dit Sadie, sa voix se brisant.

— Tu le promets ? insista Chase.

— Je le promets. J'ai envie de toi. Depuis le moment où je t'ai vu. S'il te plaît, fais-moi l'amour.

— Rien ne me ferait plus plaisir, dit Chase avant de pencher son visage sur le sien.

CHAPITRE DIX

Sadie ferma les yeux et se perdit dans le baiser de Chase. Elle avait eu tellement peur de lui dire comment elle avait mené Jonathan en bateau pour gagner du temps, mais elle n'aurait pas dû s'inquiéter. Elle voyait bien que Chase était bouleversé pour elle, mais il n'était pas dégoûté ni écœuré par ce qu'elle avait fait.

Dieu merci.

Elle ouvrit les yeux quand Chase s'écarta et elle sentit ses mains sur sa taille. Il s'assit à califourchon sur elle, remontant doucement son tee-shirt sur son ventre. Elle ne sentit pas une once d'angoisse face à sa position, même si Jonathan l'avait maintenue sur le dos pendant qu'il lui faisait du mal. Elle leva un bras pour aider Chase avec son tee-shirt et ne regarda pas où il atterrit quand il le jeta à côté du lit.

Les yeux de Chase étaient rivés sur sa poitrine et il fronçait légèrement les sourcils.

Elle baissa les yeux pour voir ce qu'il regardait et ne vit rien d'autre que sa propre peau. Mais elle se souvint des marques qui avaient été là après que Jonathan l'a brutalement maniée. Elles étaient restées environ deux semaines et ne s'étaient estompées que récemment.

Elle leva les mains pour se couvrir, mais Chase les agrippa dans la sienne. Il embrassa ses paumes puis dit :

— Ne te cache pas face à moi, Sparky. Ne te cache jamais face à moi. Tu es belle.

Puis, il la stupéfia.

Comme s'il savait exactement où les bleus avaient été, il se pencha en avant et embrassa les marques fantômes. Il la lapa, comme si sa salive avait le pouvoir de soigner davantage ses blessures. Lorsqu'il eut terminé, il descendit davantage et appuya sa joue contre son ventre. Ses coudes étaient inclinés, ses mains couvrant les côtés de ses seins, ses pouces caressant doucement ses tétons durs comme la roche.

Elle aurait pensé qu'il s'était endormi si ce n'était pour le mouvement de ses doigts.

— Chase ? demanda-t-elle voyant qu'il ne bougeait pas au bout d'une minute. Est-ce que ton bras va bien ? Est-ce qu'il te fait mal ?

— Mon bras va bien. J'ai juste besoin d'une minute, dit-il doucement.

— Tu es sûr ? insista Sadie, à présent inquiète pour lui.

— J'ai envie de le tuer, putain, dit Chase d'une voix grave et régulière.

Sadie sourcilla. Waouh. Il semblait désossé sur elle, pas tendu, ni même nerveux. Mais ses mots indiquaient qu'il était plus agité que jamais. Elle passa ses mains sur sa tête, ébouriffant ses cheveux bruns. Elle adorait son contact.

— Je vais bien, murmura-t-elle.

Elle sentit Chase prendre une grande inspiration, sentit l'air chaud contre la peau sensible de son ventre tandis qu'il expirait, puis le leva la tête.

— Je ne te ferai jamais de mal, Sadie. Jamais.

— Je sais.

Ses mains recommencèrent à bouger, malaxant et caressant son corps. Peu de temps après, elle se tortillait sous lui, impatiente qu'il fasse avancer les choses.

— Chase... j'ai besoin...

Elle laissa sa phrase en suspens tandis qu'il prenait un téton dans sa bouche et qu'il le suçait doucement.

Il le lâcha dans un bruit sec et sourit.

— Tu as besoin de quoi, Sparky ? De quoi as-tu besoin ?

— De toi. Nu, haleta-t-elle.

Chase bougea jusqu'à ce qu'il soit à genoux au-dessus d'elle, puis passa une main derrière sa tête et agrippa le tissu de son tee-shirt. Il le souleva et le passa par-dessus sa tête d'un mouvement fluide, le jetant sur le côté une fois qu'il l'eut retiré.

Les yeux de Sadie parcoururent son corps. Il était musclé. Pas aussi musclé que certains hommes qu'elle avait vus, mais à ses yeux, il était parfait. Il avait quelques poils noirs sur le torse, qui devenaient de plus en plus rapprochés jusqu'à son abdomen. Ils menaient jusqu'à la taille de son caleçon.

Lorsque son regard descendit davantage, elle vit exactement à quel point il était excité d'être avec elle. La bosse dans son boxer était tellement impressionnante qu'elle supposa que s'il bougeait juste comme il fallait, son sexe sortirait de la fente, à l'avant du tissu. Rien que d'y penser, elle sourit.

— Oh, mon visage est ici, la taquina-t-il en

posant un doigt sous son menton pour la forcer à lever la tête de façon qu'elle le regarde dans les yeux.

Sadie gloussa et garda les yeux rivés sur les siens tandis que ses mains vagabondaient sur son corps. Elle les fit glisser sur ses cuisses, au-dessus de son sexe, puis le long de son ventre jusqu'à ses pectoraux. Elle planta ses doigts dans sa peau et sourit davantage lorsqu'il haleta. Puis elle revint en arrière, faisant glisser ses paumes sur la toison de son torse, le long de ses beaux muscles en V et de nouveau sur ses cuisses. Elle recommença la manœuvre, passant ses mains sur l'ensemble de son corps, puis les faisant redescendre.

Pendant tout ce temps, ils se regardaient. Chase ne bougeait pas, la laissant l'explorer.

Lorsque ses mains montèrent le long de son corps pour la troisième fois, il les prit enfin et se pencha en avant, retenant ses bras au-dessus de sa tête par ses poignets.

— Tu m'as tout dit, pas vrai ? demanda Chase à voix basse.

— Tout ?

— Oui. Tu n'as pas oublié de me dire qu'il a mis sa main dans ton pantalon ou qu'il t'a obligée à le laisser te pénétrer après tout, pas vrai ?

— Non, je n'ai pas oublié de te le dire parce qu'il ne l'a pas fait. Je ne l'ai pas laissé aller jusque-là.

Sadie voulait s'énerver, mais elle n'y parvenait pas quand Chase la regardait de cette façon.

— J'ai beau l'avoir laissé me toucher les seins, il était hors de question que je le laisse aller plus loin.

— Je voulais juste être sûr que tu n'aurais pas de flashback ou de mauvais moments quand je continuerai mon exploration de ton beau corps.

— Je sais que c'est toi qui me touches, Chase. Je *veux* que tu me touches.

Chase grogna. Il lâcha ses mains et descendit le long de son corps jusqu'à ce qu'il soit allongé entre ses cuisses. Il aventura ses doigts sous sa culotte en coton noir et, sans histoires ni fanfare, il la fit glisser le long de ses jambes.

Sadie l'aida à la retirer d'un coup de pied et l'oublia rapidement lorsqu'elle sentit les doigts de Chase effleurer ses courtes boucles.

— Putain. C'est tellement sexy, dit-il.

Il ne parvenait pas à détourner les yeux de son entrejambe.

— Quoi ?

— Ça. Tes poils roux, ici. C'est exactement la même couleur que sur ta tête.

Sadie leva les yeux au ciel, mais ne dérangea pas

Chase tandis qu'il l'examinait. Quand plusieurs secondes se furent écoulées et qu'il n'avait pas bougé, elle demanda :

— Tu vas t'y mettre bientôt, Chase ? Ou dois-je me donner du plaisir moi-même ?

Elle fit glisser une main le long de son ventre jusqu'à son clitoris.

Chase agrippa son poignet et finit par lever les yeux vers elle.

— J'adorerais voir ça, Sparky, mais je vais remettre cette proposition à plus tard. Je dois te goûter.

Sur ce, il s'installa entre ses cuisses et baissa la tête.

Sadie sursauta au premier contact avec sa langue puis elle gémit au second. La main de Chase se leva, séparant ses plis pour passer le bout de sa langue à l'intérieur. Tout en gémissant, il recommença. Et encore une fois.

Puis il changea de position, en équilibre sur ses coudes, et employa son autre main pour maintenir son sexe ouvert devant sa bouche. Enfin, il commença le festin. C'était le seul mot auquel elle pouvait penser pour décrire ce qu'il lui faisait.

C'était incroyable et irrésistible à la fois. Sadie n'était pas vierge ; elle avait déjà été avec des hommes, mais ça... Personne ne lui procurait autant de bien-être que Chase. Ce n'était pas sa technique en tant que telle ; c'était son enthousiasme. Il ne se contentait pas de la lécher sans conviction jusqu'à sentir qu'il l'avait fait assez longtemps et qu'il pouvait passer à la pénétration ; non, il la dévorait.

Alors même qu'elle pensait que ça ne pourrait pas être meilleur, Chase changea à nouveau de position. Pinçant son clitoris pour avoir un accès direct à la petite bosse sensible, il laissa retomber sa tête.

Il recouvrit son clitoris de sa bouche et le suça, intensément. Ses hanches tressautèrent, mais il la maintint facilement contre le lit tandis qu'il s'en délectait. La langue de Chase tournoyait et léchait, elle n'avait jamais rien senti de tel. Au lieu de fermer les yeux et de se perdre sous son contact, elle l'observa.

Pendant un long moment, elle ne vit que le haut de sa tête, mais comme s'il pouvait sentir son regard sur lui, il inclina la tête vers le haut et leurs regards se croisèrent. Ses pupilles étaient dilatées et elle pouvait voir sa mâchoire travailler tandis qu'il lui faisait l'amour avec sa bouche.

— Chase, murmura-t-elle.

Ses cuisses tremblèrent et ses hanches étaient en mouvement constant à présent, ruant sous lui tandis que son orgasme se rapprochait de plus en plus. Juste avant qu'il ne la submerge, elle sentit un doigt de son autre main entrer doucement dans sa fente trempée, se pliant à la recherche du point G. Sadie n'avait eu qu'un seul orgasme vaginal auparavant, et c'était après de nombreux essais et erreurs avec son fidèle vibro à forme spéciale.

Comme s'il avait une carte de son corps et savait déjà exactement où le trouver, le doigt de Chase trouva la petite bosse en elle. Il caressa la boule de nerfs sensible et elle fit un mouvement brusque, lançant sa tête en arrière et s'agrippant aux draps. Lorsqu'il recommença, tout en suçant violemment son clitoris, elle perdit le contrôle.

L'orgasme le plus fort et le plus intense qu'elle ait jamais ressenti traversa son corps, la faisant crier légèrement et se cambrer avec vigueur. Il relâcha la succion de son clitoris un moment, mais il reprit ses attentions... plus passionnément, cette fois.

— Waouh, Chase, cria Sadie tandis que son corps était à nouveau énergiquement propulsé du haut d'une falaise.

Elle sentit son doigt bouger en elle, mais c'était comme si elle vivait une expérience extra-corporelle. Elle était là, mais pas tout à fait.

Une couche de sueur recouvrait son corps tandis

qu'elle se tortillait sous les mains expertes de Chase. Lorsqu'il sentit enfin qu'elle pouvait respirer à nouveau, elle ouvrit les yeux. Chase était à nouveau accroupi sur elle. Son caleçon avait disparu et elle sentait le bout de son pénis entre ses jambes. Baissant les yeux, elle vit qu'il avait enfilé un préservatif pendant qu'elle se remettait de l'orgasme et qu'il était en position pour la pénétrer.

— Sadie ? demanda-t-il, attendant sa permission.

En réponse, Sadie laissa tomber ses genoux de chaque côté et s'ouvrit pour lui. Ses mains glissèrent autour de sa taille jusqu'à ses fesses et elle l'agrippa.

—Oui.

Comme si ce mot était tout ce qui l'avait retenu, Chase bougea à la seconde où elle le prononça. Sa main agrippa la base de son sexe et il la pénétra d'un geste lent, mais régulier.

Même si elle était trempée, elle sentit quand même un élancement d'inconfort tandis qu'il entrait dans son corps.

Mais Chase ne s'arrêta pas avant d'être en elle aussi profondément que possible. Il déplaça une main vers ses fesses et tira, les écartant d'une fraction de centimètre, s'octroyant un millimètre de plus en elle.

Ils soupirèrent tous les deux à cette sensation.

Puis il s'immobilisa. Ils restèrent figés ainsi un moment, se regardant dans les yeux, sachant d'une manière ou d'une autre que leurs vies avaient déjà changé pour toujours grâce au fait qu'il ait pénétré son corps.

Sadie se trémoussait. La douleur avait disparu et, maintenant, elle se sentit remplie. Mais elle en voulait plus. Elle avait besoin de plus.

— S'il te plaît, supplia-t-elle.

— De quoi as-tu besoin ? dit Chase entre ses dents serrées. Est-ce que je te fais mal ? Je t'ai vue grimacer, mais je ne pouvais pas arrêter. Bon Dieu, j'en suis bien incapable.

— Non ! cria-t-elle, refermant ses genoux pour serrer ses hanches, terrifiée à l'idée qu'il se retire. Ça ne me fait pas mal. C'était inconfortable pendant une seconde, parce que ça fait longtemps pour moi, mais s'il te plaît, n'arrête pas.

Elle comprima ses muscles internes, essayant de lui montrer sans parler ce qu'elle ressentait quand il était en elle.

Il grogna.

— Bon sang, Sparky. Tu vas me faire jouir avant même que je bouge. Tu es tellement belle, putain. Je ne pouvais pas attendre. Te sentir autour de mon doigt... Chaude. Mouillée. Bon sang.

Sadie sourit. Il n'utilisait pas des phrases complètes, comme s'il était trop troublé pour pouvoir penser.

— Fais-moi l'amour, Chase. Donne-toi du plaisir.

— Oh, je prends du plaisir, aucun doute, lui dit-elle tandis qu'il se retirait doucement jusqu'à ce que seul le bout de son sexe soit en elle.

Puis il la pénétra tout doucement à nouveau.

— C'est bon de te sentir autour de moi, aucun doute.

Cette fois, il lui faisait l'amour. Avec des caresses douces et légères. C'était bon, mais Sadie savait qu'elle ne jouirait jamais s'il n'accélérait pas. Trop timide pour lui dire ce dont elle avait besoin, elle préféra déplacer sa main entre ses jambes et caresser son érection lorsqu'il se retira de son corps. Il grogna et elle sourit.

Puis, elle utilisa son doigt mouillé pour caresser son clitoris. Elle fit un mouvement brusque au premier contact, encore extrêmement sensible après les bons soins oraux qu'il lui avait prodigués plus tôt. Mais plus elle se masturbait, plus c'était agréable.

— Putain, c'est torride, dit Chase au-dessus d'elle. À quel point est-ce que tu peux le supporter ? demanda-t-il.

— Aussi fort que tu veux me le donner, dit Sadie.

Puis, elle surmonta sa timidité et lui dit :

— C'est agréable quand tu vas doucement, mais je ne peux pas jouir comme ça.

— De quoi est-ce que tu as besoin ?

— De toi.

Les mots étaient à peine sortis de sa bouche quand Chase lança son sexe dans son corps.

— Comme ça ?

— Bon sang, oui ! Encore.

Chase ne dit rien de plus, il se contenta de bouger ses mains jusqu'à ses hanches pour la maintenir immobile, puis il commença à s'enfoncer en elle avec des coups éprouvants. Sadie sentait ses seins rebondir chaque fois qu'il s'enfonçait complètement en elle, mais elle s'en fichait. Elle ne pouvait que penser au sexe dur de Chase qui se propulsait en elle.

Elle frotta son clitoris de ses doigts, plus rapidement. Chase déplaça ses mains à l'intérieur de ses cuisses et appuya fortement, les écartant devant lui. La position était extrêmement érotique et charnelle, on ne lui avait jamais fait l'amour comme ça auparavant.

Les mains de Chase étaient fortes et fermes sur son corps, bougeant ses jambes-là où il les voulait, là où il pouvait voir tout ce qu'il lui faisait.

Le doigt de Sadie bougeait encore plus vite à présent. Elle était tout proche de l'orgasme.

— Baise-moi, murmura-t-elle à nouveau. J'y suis presque.

Ravie qu'il n'ait pas écarté sa main et essayé de manipuler son clitoris lui-même — elle détestait quand les hommes pensaient connaître son corps mieux qu'elle —, Sadie résista à la tentation de fermer les yeux et maintint son regard rivé entre ses jambes, là où le sexe de Chase allait et venait. Sa verge était enduite de son excitation et les sons qui provenaient de ses coups de reins étaient presque obscènes.

Leurs ébats étaient crus. Et authentiques. Et c'était la chose la plus incroyable qu'elle ait jamais ressentie. Elle caressa son clitoris sans ménagement et sentit son orgasme approcher rapidement. Avant qu'elle puisse dire un mot, il y était. Tout son corps trembla sous la force du plaisir, accentué par les coups brutaux de Chase entre ses cuisses qui convulsaient.

Alors même qu'elle redescendait de l'apogée de son extase, Chase la pénétra une dernière fois et grogna. Il rejeta sa tête en arrière, ses tétons durs comme des diamants sur son torse. Elle voyait bien qu'il retenait sa respiration, et Sadie pouvait sentir son sexe tressaillir en rythme avec chaque giclée qui en sortait.

Lorsqu'il eut terminé, Chase baissa les yeux vers elle, le regard plein d'une telle adoration que Sadie avait envie de pleurer. Elle donnerait tout ce qu'elle avait pour qu'il la regarde toujours ainsi. Sans un mot, il s'allongea sur le côté, la prenant avec lui. Ils s'allongèrent, les jambes entrelacées et les bras de l'un autour de l'autre pendant ce qui sembla être des heures, mais en réalité, cela ne dura probablement que quelques minutes.

Finalement, il leva la tête et l'embrassa. Il avait un goût musqué, comme elle, mais Sadie s'en fichait. Elle ne pensait pas du tout à ce qu'il se passerait le jour suivant. Elle ne pensait pas du tout à ce qu'il s'était passé auparavant avec Jonathan. Elle ne pouvait que sentir, goûter et voir Chase.

— Fatiguée ? demanda-t-il doucement lorsqu'il écarta ses lèvres des siennes.

— Hmmm.

Il était sur le point de s'écarter d'elle et Sadie resserra ses bras autour de lui.

— Où est-ce que tu vas ?

— Je dois m'occuper de ce préservatif, ensuite, j'avais l'intention d'aller voir comment va Fletch.

— Reste ? demanda-t-elle. Juste un peu ?

Il la regarda dans les yeux un instant, puis hocha la tête.

— D'accord, juste un peu. Donne-moi une seconde.

Elle hocha la tête et le regarda tandis qu'il repoussait les couvertures et se dirigea à pas lents vers la salle de bains, complètement nu. Ses fesses étaient presque aussi splendides que le reste. Quelques instants plus tard, il revenait vers elle.

Il ne semblait pas avoir une once de pudeur, car il n'essaya pas de se couvrir ou de cacher une quelconque partie de son corps nu devant elle. Il se glissa à nouveau sous les couvertures et la prit dans ses bras.

Sadie soupira de satisfaction et se blottit contre lui, se mettant à l'aise.

— Pour information, dit Chase, je ne veux pas que tu retournes à Dallas. Je sais que là-bas, tu as ton travail, ta tante et ton oncle, mais je ne pense pas que je puisse recommencer à dormir seul un jour.

Surprise, Sadie leva la tête.

— Est-ce que tu es en train de me demander d'emménager avec toi ?

— Je ne sais pas, admit Chase, détournant le regard avant de croiser à nouveau le sien. La partie logique de mon cerveau me dit que c'est trop rapide.

Que c'est de la folie ! Nous devons nous connaître davantage avant de prendre ce genre d'engagement. Nous avons plus ou moins déjà vécu ensemble pendant un mois, mais je me comportais du mieux possible. Une fois que nous serons à l'aise l'un avec l'autre, il se pourrait que tu n'aimes pas le fait que je doive regarder les informations tous les matins. Que je ne parviens jamais à me souvenir de baisser la lunette des toilettes. Que je vais complètement profiter du fait que tu vives avec moi pour te laisser faire la lessive tout le temps, car je déteste la faire.

Mais mon côté émotionnel me hurle de ne jamais te laisser partir. De te passer la bague au doigt pour que tu ne puisses pas me quitter. Pour que tous les autres hommes qui osent te regarder sachent que tu es prise... par moi. Bon sang, j'envisage même de faire la lessive, la vaisselle et de passer l'aspirateur pour le restant de mes jours si tu veux bien de moi.

— Chase, murmura Sadie.

— Chuuuuut. Penses-y, c'est tout. Nous n'avons pas à prendre une décision tout de suite. Mais il faut absolument que tu saches que ce n'est pas juste une amourette pour moi. À la seconde où tu as couru dans mes bras, complètement en train de paniquer, mais essayant de toutes tes forces de ne pas le montrer... bon sang, même avant de te rencontrer quand je n'avais vu qu'une photo de toi, je crois que je le savais.

— Que tu savais quoi ?

— Que je voulais que tu fasses partie de ma vie. Sous moi, sur moi, à côté de moi. Je n'ai jamais cru au coup de foudre. Je pensais que ma sœur était folle d'être tombée amoureuse de Ghost après un coup d'un soir. Mais je la comprends, maintenant.

L'estomac de Sadie bouillonna à ces mots.

— Je pensais que c'étaient les femmes qui étaient censées en vouloir plus et les hommes qui avaient peur de l'engagement, lança-t-elle malicieusement.

— Apparemment, je suis juste spécial, dit Chase d'une voix traînante.

Sadie gloussa.

— Dors, ordonna à nouveau Chase. Si je me lève, ne panique pas. Je vais juste voir comment va Fletch et m'assurer que tout se passe bien. D'accord ?

— D'accord. Chase ?

— Oui, Sparky ?

— Je suis ravie de ne pas être la seule qui se soit sentie comme ça cette nuit-là, à l'école. Quand tu as mis tes bras autour de moi, je me suis enfin sentie en sécurité. Même quand personne ne parvenait à trouver Jonathan, rien qu'en étant à côté de toi et en te tenant la main, je savais que je ne voudrais être nulle part ailleurs.

Il ne répondit pas verbalement, mais resserra son étreinte autour d'elle.

— Chase ?

— Tu es censée dormir, dit-il, l'humour facilement reconnaissable dans sa voix.

— Je suis aussi ravie que l'un de tes hommes ait survécu à cette mission.

— Moi aussi, Sadie. Moi aussi.

— J'aimerais le rencontrer, un jour.

— Ça me plairait aussi. Maintenant, chut.

— Oui, monsieur, dit-elle d'un ton prétentieux.

Chase se pencha en avant et l'embrassa, et ils se turent tous les deux.

Sadie finit par s'endormir, les battements du cœur de Chase faisant écho dans son oreille et ses mots se répétant dans son esprit.

— *Je ne veux pas que tu retournes à Dallas.*

CHAPITRE ONZE

Sadie fut réveillée quelque temps plus tard par un *boom* retentissant.

Elle ignorait quelle heure il était. Instantanément inquiète, elle chercha Chase à tâtons dans le lit, à côté d'elle, mais les draps étaient froids. Sans réfléchir, elle bondit hors du lit et se hâta d'enfiler des vêtements. Elle enfila le tee-shirt de l'armée de Chase qu'elle avait porté plus tôt et se précipita dans la salle de bains pour prendre son pantalon. Elle glissa ses pieds dans ses tennis et se rua vers la porte.

Au moment même où elle l'ouvrit, une autre explosion fit trembler la maison.

Elle fut éjectée en arrière et heurta le mur, de l'autre côté de la pièce, se cognant la tête avant de glisser par terre. Sous le choc, elle resta assise là un moment avant de ramper à nouveau vers la porte de la chambre et de jeter un œil dans le couloir. Il y avait beaucoup de poussière flottant dans l'air, ce qui la fit tousser tandis qu'elle regardait à sa droite.

Le toit au-dessus des escaliers s'était effondré, séparant l'un des étages de la maison de l'autre.

— Chase ? appela-t-elle, toussant tandis que davantage de poussière entrait dans ses poumons.

— Sadie ? Est-ce que c'est toi ? lança une voix de femme depuis l'autre côté du couloir, juste devant elle.

Elle se mit prudemment sur pied, encore vacillante après avoir été éjectée en arrière par l'explosion.

— Emily ? Rayne ? demanda Sadie.

— C'est moi. Rayne. Est-ce que tu vas bien ?

— Je crois que oui, lui dit Sadie.

Rayne finit par entrer dans son champ de vision, rampant à quatre pattes le long du couloir.

— Où est Emily ?

— Je suis là, dit une voix derrière Rayne.

Les deux femmes se retournèrent et virent Emily boiter vers elles.

— Est-ce qu'Annie est avec vous ?

Sadie était en quelque sorte choquée en voyant à quel point les deux femmes faisaient face au fait qu'il semblait, d'après ce qu'elle entendait et voyait, qu'une bombe venait d'ébranler la maison.

— Non, dit Rayne.

Comme par enchantement, les trois femmes se retournèrent pour regarder la porte de la chambre d'Annie, qui était la plus proche des escaliers. L'encadrement de la porte était de travers et la porte elle-même était décentrée. Elles se précipitèrent toutes dans cette direction en même temps.

Sadie aida les autres à tirer sur les débris qui bloquaient la porte de la chambre.

— Annie ? cria Emily.

— Maman ? appela la petite fille.

Sadie tira encore plus désespérément sur les morceaux de plaque de plâtre et de bois qui les séparaient d'Annie. Elle semblait effrayée, et cela rappela beaucoup trop à Sadie ce que les petites filles de Bexar devaient avoir ressenti.

— C'est moi, bébé. Tiens bon, j'arrive ! dit Emily à sa fille, essayant apparemment de toutes ses forces de garder son sang-froid.

Elles nettoyèrent suffisamment le passage pour découvrir un petit trou dans le mur, mais peu importe ce qu'elles faisaient, elles ne pouvaient pas retirer davantage de débris. Emily s'allongea prudemment sur le sol et regarda par le trou.

— Annie ? Est-ce que tu peux venir ici ?

— Je ne peux pas, Maman, gémit Annie. Ma jambe est bloquée sous quelque chose.

— Merde, pourquoi Kassie n'est-elle pas là ? marmonna Rayne. Ou mieux, Bryn… la femme de Fish. Elles sont toutes les deux plus petites que nous.

— Je peux passer, dit Sadie sans hésiter.

Elle commença à ramper par le petit trou. Elle ne pensait qu'à atteindre la petite fille, à s'assurer qu'elle soit en sécurité. À la rassurer.

Elle soupçonnait terriblement que ce qui était arrivé à la maison était indubitablement l'œuvre de Jonathan.

Le trou était à peine à sa taille. Sadie sentit quelque chose rentrer dans la peau de son dos tandis qu'elle se frayait un chemin dans la chambre d'Annie, mais elle l'ignora. Quelques égratignures et quelques bleus finiraient par disparaître.

Finalement, alors même qu'elle pensait qu'elle ne passerait peut-être pas, après tout, ses hanches traversèrent l'ouverture et elle se retrouva dans la chambre d'Annie.

Rampant à quatre pattes, Sadie se fraya un chemin jusqu'au lit, où le matelas était de travers.

La petite fille n'était pas dessus.

— Annie ?

— Ici !

Se retournant, Sadie vit Annie de l'autre côté de la pièce. Ce qui avait causé l'explosion avait éjecté l'enfant à trois mètres du lit.

Sadie rampa vers la petite fille et posa sa main sur son front. Ses cheveux étaient emmêlés et son pyjama GI Joe était sale et déchiré par endroits, mais Sadie ne voyait pas de grandes blessures, du moins rien qui ne saigne.

— Où est-ce que tu as mal ? demanda Sadie.

— Ma jambe.

Sadie vit que l'un des montants du mur était tombé sur la partie inférieure des jambes de la petite fille, maintenu en place par sa commode.

— Comment va-t-elle ? cria Emily par le trou près de la porte. Est-ce que tu peux la libérer ?

— Elle va bien, cria Sadie en réponse. Je vais retirer un meuble qui est tombé sur sa jambe, puis je vais utiliser l'échelle de secours pour la faire sortir par la fenêtre. Elle est presque complètement brisée et ce sera plus facile de la faire sortir par là.

— Nous allons redescendre le couloir quand vous serez sorties pour voir si nous pouvons sortir par la fenêtre de la chambre d'amis, dit Rayne. Nous vous retrouverons derrière la maison. D'accord ?

Sadie s'efforça de libérer les jambes d'Annie et cria en même temps :

— D'accord ! Est-ce que les hommes vous ont dit quelque chose ?

Il y eut une longue pause avant qu'Emily ne réponde.

— Non. J'ai envoyé Rayne les appeler dans les escaliers. Mais pour l'instant, ils n'ont pas répondu.

Sadie ferma les yeux de désespoir. Si l'un d'eux était blessé — ou, que Dieu les en préserve, mort —, ce serait sa faute.

Elle n'aurait pas dû laisser Chase la convaincre de venir ici. Elle connaissait Jonathan. Il aimait faire du mal. Cela l'excitait.

Un léger contact sur son bras lui fit tourner la tête, et elle fixa les yeux bleus d'Annie.

— Mon papa va bien. C'est un héros.

Ses mots étaient prononcés avec tant de conviction que Sadie la crut vraiment. Elle sourit. C'était un faible effort, mais c'était plus que ce dont elle aurait été capable quelques minutes plus tôt.

— Que dirais-tu qu'on sorte d'ici, toi et moi ? demanda-t-elle.

Annie acquiesça, puis regarda autour d'elle.

— Est-ce qu'on peut emmener mon soldat ? Je ne peux pas partir sans lui.

— Je ne pense pas... commença Sadie, mais Annie l'interrompit.

— J'ai besoin de lui ! Je ne peux pas l'abandonner. Il devrait aller bien, il était dans la boîte spéciale que mon ami m'a donnée. S'il te plaît, Sadie, s'il te plaît !

Des larmes coulèrent le long des joues d'Annie tandis qu'elle l'implorait.

Pour la première fois, Sadie entendit une véritable terreur dans la voix de la petite fille. D'après tout ce qu'elle avait entendu à propos d'Annie de la part de Chase, et ce qu'elle avait vu la nuit précédente, elle savait qu'elle n'était pas du genre à paniquer. Ce n'était pas du tout une enfant pleurnicharde. Par conséquent, pour qu'elle soit bouleversée à ce point, Sadie savait que la poupée devait être importante pour elle.

— D'accord, Annie, ne pleure pas. Nous allons le trouver et l'emporter avec nous.

Sadie poussa encore une fois la commode étonnamment lourde et celle-ci finit par bouger.

— Fais marche arrière, Annie. Je ne peux pas t'aider tant que je tiens ça. Sors tes jambes. Doucement, cela dit, au cas où quelque chose serait cassé.

Annie fit ce qu'elle lui avait dit et sortit son petit corps des débris. Une fois qu'elle fut sur le côté,

Sadie laissa tomber la commode en mauvais état et alla directement aux côtés d'Annie. Utilisant les connaissances de premiers secours qu'elle avait, elle palpa ses jambes pour s'assurer qu'elles n'étaient pas cassées. La petite fille grimaça une ou deux fois, mais ne cria pas de douleur.

Soupirant de soulagement, Sadie tourna la tête vers la porte.

— Emily ?

— Oui ! Je suis là. Qu'est-ce qui ne va pas ?

— Rien. Annie est libre. D'après ce que je peux dire, elle n'a rien de cassé. Allez-y, retrouvez-nous dehors.

— Dieu merci, dit Emily. Rayne a essayé de retirer une partie des débris en haut des escaliers pour attirer l'attention des hommes. Ghost a fini par répondre. Il dit qu'ils vont bien. Annie ?

— Oui, Maman ? répondit Annie, la voix plus forte à présent qu'elle savait que sa précieuse poupée militaire ne serait pas abandonnée.

— Sors avec Sadie. Reste à côté d'elle. Je suis sérieuse. Juste à côté d'elle. D'accord ?

— D'accord, Maman. Est-ce que Papa va vraiment bien ?

— Bien sûr que oui. Nous le verrons une fois que nous serons dehors.

— Est-ce que tu as peur, Sadie ? demanda doucement Annie.

Sadie baissa les yeux vers la petite fille. Elle avait
l'air d'avoir le double de son âge à ce moment précis.

— Oui, chérie. Un peu.

— Avoir peur veut dire que tu es sur le point de
faire quelque chose de vraiment courageux. Tu te
souviens, Maman ? Tu m'as dit ça quand nous étions
dans la boîte en métal.

Sadie ne savait pas de quoi Annie parlait, mais
elle adorait son attitude optimiste et la manière dont
elle essayait de réconforter sa mère.

— Je me souviens, mon bébé. Maintenant, vas-y.
Sors avec Sadie. Ton père et moi serons là dès que
possible.

— Je t'aime, Maman.

— Je t'aime aussi.

Le regard d'Annie parcourut la pièce et elle
désigna le coin opposé.

— Il est là !

Sadie se tourna dans la direction qu'Annie indiquait et vit une poupée en plastique de la taille
d'une Barbie dans un étui protecteur. Elle se précipita et la prit, ainsi qu'une paire de chaussures qui,
miraculeusement, étaient encore posées exactement
là où Annie les avait probablement laissées après les

avoir retirées. Elle amena les chaussures et la poupée vers Annie.

La petite fille serra la précieuse poupée dans ses bras et adressa un grand sourire à Sadie.

— Vite, Annie. Mets tes chaussures et nous allons partir.

Annie fit ce qu'elle lui avait ordonné, enfilant ses tennis sans un mot. Lorsqu'elle eut terminé, elle agrippa son soldat et leva les yeux vers Sadie.

— Je suis prête, maintenant, annonça-t-elle.

— Allez, essaye de te lever. Nous allons sortir d'ici.

Annie se leva et chancela un moment avant de retrouver son équilibre.

— Est-ce que tu as mal quelque part ? demanda Sadie.

— Ma tête, un petit peu, et mes jambes, là où elles étaient coincées sous la commode. Mais je vais bien.

Sadie était constamment impressionnée par l'enfant. Elle avait peur, mais elle gardait le contrôle d'elle-même.

Annie se cramponna à la poupée d'un bras et prit la main de Sadie de l'autre. Elles se dirigèrent vers la fenêtre brisée. Sadie fit tomber les morceaux de verre mal fixés à l'aide d'un morceau de bois qu'elle avait trouvé par terre et jeta un œil à l'extérieur.

Tout était sombre et tranquille. À tel point que c'en était presque sinistre. Les explosions bruyantes auraient dû réveiller les voisins, même s'ils n'étaient pas vraiment à proximité. La maison la plus proche se trouvait à environ un kilomètre et demi. Avec un peu de chance, la police et les pompiers avaient déjà été appelés.

Sadie frissonna. Soudain, elle ne voulait plus quitter la maison. Elle savait sans le moindre doute que Jonathan guettait dans l'obscurité. Attendant pour l'enlever. Il l'emmènerait là où personne ne pourrait jamais la trouver et lui ferait des choses horribles. Elle finirait certainement dans une cage, dans un sous-sol quelque part, donnant la vie à des bébés les uns après les autres, qu'il lui prendrait à la seconde où ils sortiraient de son utérus.

— Sadie ? demanda Annie d'une petite voix, à côté d'elle. Est-ce que nous y allons ? Je veux partir.

— Oui, chérie, nous y allons, dit Sadie pour rassurer la petite fille de sept ans.

Elle déroula l'échelle de corde qui se trouvait sous la fenêtre.

— Reste ici pendant que je descends. Une fois que je me serai assurée que tout est sûr, je t'aiderai.

Prudemment, Sadie passa par-dessus le rebord de la fenêtre et descendit le long de l'échelle. Une fois qu'elle fut à l'extérieur, elle regarda à nouveau autour d'elle. Elle ne voyait pas grand-chose depuis l'endroit où elle se tenait, près du porche arrière, mais un rapide coup d'œil derrière un coin révéla des flammes orange qui s'enroulaient autour du côté de la maison, vers l'avant.

Elle ne s'était pas rendu compte qu'il y avait un incendie. Refusant de paniquer et bloquant toute pensée mis à part le fait de s'assurer qu'Annie était en sécurité, Sadie appela la petite fille.

— Attrape, Sadie ! cria Annie depuis le haut de l'échelle.

Heureusement, Sadie lui avait prêté attention, car sans autre avertissement, Annie laissa tomber la boîte en plastique qui contenait la poupée militaire. Elle l'attrapa et la posa immédiatement par terre. Sadie ne se plaignit pas des actes de la petite fille. Plus tôt la poupée serait en sécurité, plus tôt Annie la suivrait.

Et elle le fit. En quelques secondes, Annie s'était dandinée le long de l'échelle de corde et était dans ses bras. Sadie serra la petite fille contre sa poitrine et soupira de soulagement. Maladroitement, ne voulant pas poser Annie, elle se baissa et attrapa la poupée. Annie tint la boîte sous son bras et maintint l'autre autour du cou de Sadie.

Ne sachant pas où aller, et ne voyant pas encore le moindre signe d'Emily ou de Rayne, Sadie s'éloigna du côté de la maison qui était en feu. Une fois qu'elles furent de l'autre côté du coin opposé, Sadie vit que le garage était intact. C'était ironique, en réalité. Chase et elle étaient restés dans la maison pour être en sécurité. Même si elle réalisait que Jonathan devait avoir su exactement où elle se trouvait. Si Chase et elle s'étaient trouvés dans le garage, elle ne doutait pas un seul instant que c'était *cet* endroit qui serait en train de brûler.

Elle resta près du coin arrière de la maison avec Annie, guettant les femmes qui étaient censées les retrouver. Tandis que les secondes s'écoulaient, Sadie se sentit plus seule que jamais. Jonathan n'allait pas abandonner. Il détruirait tout ce qui était nécessaire, ferait du mal à toutes les personnes à qui il devrait faire du mal pour lui mettre la main dessus. Le poids oppressant du danger auquel elle était exposée, et de celui auquel elle exposerait tous ses proches, menaçait de l'étrangler.

— Regarde ! Il y a quelqu'un ! dit soudain Annie en désignant quelque chose du doigt.

Sadie se força à prêter attention et se tourna vers

l'endroit qu'Annie indiquait. Effectivement, il y avait des phares descendant l'allée à toute vitesse. Elle se protégea les yeux des lumières éblouissantes et lorsqu'elle eut jeté un bon coup d'œil à la voiture, Sadie eut envie de rire et de pleurer en même temps.

Elle aurait dû savoir que son oncle n'attendrait pas une heure normale pour venir au matin. Il avait probablement pensé attendre, mais avait décidé de prendre la route ce soir-là, juste au cas où, et Ian pourrait venir au matin, comme d'habitude. Dieu merci, il avait décidé de ne pas attendre.

Sadie aurait reconnu sa voiture n'importe où. Elle adorait cette Scout de 1972. Elle ressemblait à une Bronco, mais dans un style rétro. C'était un cabriolet hard-top, et Sadie savait que Sean avait passé des heures à la rendre parfaite.

Le soulagement qu'elle ressentit en voyant son oncle arriver la fit presque tomber à genoux. À la place, elle courut avec Annie pour le rejoindre, atteignant l'avant de la maison de Fletch au moment même où un autre vacarme retentissait, qui fit crier Annie de surprise.

Et Sadie observa avec horreur une boule de feu sortir des bois, de l'autre côté de la maison, et se diriger directement vers la voiture de son oncle.

Elle cria :

— Non ! tandis que cette chose, quelle qu'elle soit, atteignait l'arrière de la Scout et la retournait.

La voiture roula plusieurs fois et finit par s'arrêter à l'envers à côté du garage. Elle vit un mouvement à l'intérieur et eut l'espoir que Sean aille peut-être bien étant donné que ce qui avait touché la voiture n'avait fait qu'effleurer l'arrière du véhicule.

— Oh mon Dieu, dit doucement Annie. Qui est-ce ?

Sadie tourna son attention vers l'épave. Son esprit ne parvenait pas à suivre tout ce qu'il se passait. Elle regarda dans la direction qu'Annie indiquait et eut le souffle coupé. Un homme se dirigeait vers elles. Elle parvenait à distinguer le sourire sur son visage grâce à la lumière qui venait du feu de la maison.

Jonathan.

Elle aurait dû avoir peur. Elle aurait dû paniquer. Mais soudain, Sadie se sentit juste en colère. *Furieuse.* Comment osait-il faire exploser la maison de Fletch ? Comment osait-il essayer de tuer son oncle ? Comment *osait-il* faire peur à Emily, Rayne et Annie ? Il n'avait aucun droit. *Aucun* droit.

Rapidement, elle se pencha en avant et posa Annie par terre. Elle se tourna vers la petite fille et la poussa dans la direction opposée de là où Jonathan avançait d'un pas lent et régulier vers elles. Il était évident qu'il pensait qu'il avait tout le temps qu'il voulait pour l'atteindre. Connard.

— Cours, Annie ! Traverse les bois jusqu'à la maison des voisins. Quoi que tu entendes, ne t'arrête pas. Compris ?

Annie acquiesça immédiatement puis tourna les talons et courut dans les bois. Elle boitait un peu, mais elle persévéra envers et contre tout.

Sans regarder à nouveau Jonathan, Sadie courut vers la voiture de son oncle. Elle n'allait pas se faire enlever docilement. Non. Elle ignorait où Chase se trouvait ni s'il était blessé. Si ce n'était pas le cas, elle savait sans le moindre doute qu'il ferait tout ce qui était en son pouvoir pour s'assurer qu'elle soit en sécurité.

Mais d'abord, elle devait s'aider elle-même... et cela voulait dire aider son oncle à sortir de la voiture détruite.

CHAPITRE DOUZE

Chase toussa et fit de son mieux pour ne pas perdre connaissance. Il avait été en train de parler à Ghost et Fletch dans le salon à propos du programme pour la matinée, une fois que l'oncle de Sadie serait arrivé, quand le monde autour d'eux avait explosé. À un moment, ils avaient été debout là et au suivant, il était allongé sur le sol, essayant de reprendre sa respiration.

Il se redressa, momentanément confus, mais il comprit rapidement qu'ils se faisaient attaquer lorsqu'il vit le trou sur le côté de la maison ainsi que Ghost et Fletch allongés, immobiles, en face de lui.

Sa première pensée fut pour Sadie, mais d'après ce qu'il pouvait dire, le missile, ou l'objet non identifié qui avait traversé la maison, avait touché le côté opposé à celui des chambres situées à l'étage. Il tourna la tête pour regarder les escaliers et eut le souffle coupé par l'horreur lorsqu'il vit qu'ils étaient bloqués par un mont de débris.

Fletch gémit à ce moment-là et Chase détourna son attention des escaliers bloqués et la recentra sur ses amis. Il rampa jusqu'à Fletch, grimaçant à chaque mouvement. Son flanc lui faisait mal, mais il l'ignora pour le moment.

— Fletch, réveille-toi, mec.

Les yeux de Fletch s'ouvrirent puis se fermèrent à nouveau. Chase vit un grand morceau de bois sortir de son flanc. Il saignait abondamment. Lançant un juron, il regarda en direction de Ghost. L'autre homme s'était redressé à présent et il secouait la tête comme s'il essayait de se repérer.

— Ghost, Fletch est blessé, lui dit Chase. J'ai besoin de ton aide.

Comme si ses mots étaient un interrupteur, Ghost tourna la tête et rampa immédiatement vers l'endroit où Chase était agenouillé au-dessus de Fletch.

— Merde. Ça n'a pas bonne mine.

— Je sais, mais nous devons le faire sortir.

— Merde.

Ghost regarda autour de lui comme s'il cherchait quelque chose.

— On ferait mieux de laisser ça en place, mais je ne pense pas que nous ayons le choix. On doit arrêter le saignement.

— Exact, c'est ce que je pensais, acquiesça Chase. S'il ne saignait pas autant, on pourrait le lui laisser à l'intérieur, mais si on n'arrête pas le saignement, il va se vider avant que les secours n'arrivent.

Ghost acquiesça d'un air grave et retira rapidement son tee-shirt.

Chase tendit la main vers le bois.

— Je vais tirer, tu te tiens prêt à faire pression. Prêt ? Un, deux, *trois* ! Au dernier temps, Chase tira et le bois glissa facilement hors du flanc de Fletch. Il gémit, mais n'ouvrit pas les yeux.

Ghost était là pour faire pression immédiatement sur le trou dans le flanc de son coéquipier. Utilisant son tee-shirt pour aider à arrêter le flux de sang, il s'appuya sur la blessure et se tourna vers Chase.

— Et les femmes ?

— Pas sûr. L'escalier est bloqué, mais on dirait que cette pièce a pris le plus gros des dégâts.

Ghost se retourna pour regarder les escaliers.

— Putain. Jonathan ?

— C'est ce que je suppose, acquiesça Chase.

— *Putain*, répéta Ghost.

— Je suppose qu'il essaye de nous forcer à sortir de la maison. Nous séparer des femmes était juste un bonus. Il ne va pas essayer de nous faire face un par un. Il est parfaitement content de travailler à distance et de faire un enlèvement à la sauvette.

— Ghost ?

La voix étouffée de Rayne vint d'en haut, au-dessus de l'escalier bloqué.

— Oui, bébé, je suis là, répondit Ghost d'une voix forte.

— Est-ce que ça va ?

— Comment vas-tu ? Et les autres ?

Chase remarqua qu'il n'avait pas dit à Rayne ce qui était arrivé à Fletch.

— Nous allons bien. Nous ne pouvons pas atteindre la chambre d'Annie, mais Sadie a réussi d'une manière ou d'une autre à se faufiler dedans à travers un trou de la taille d'une pièce de dix centimes. Je sens de la fumée... Est-ce qu'il y a un incendie là-dedans ?

Chase se retourna et vit qu'il y avait effectivement des flammes. Il avait été tellement déterminé à aider Fletch qu'il ne l'avait même pas remarqué. Il toussa.

— Oui, mais nous allons bien. Nous allons sortir maintenant.

— Ghost ? demanda Rayne, où est Fletch ?

— Il est ici, lui dit Ghost. Puis il ajouta : Il est blessé, Rayne, mais il va s'en sortir. Chase et moi nous occupons de lui. Tu m'entends ? Il va bien. Vous devez sortir d'ici. Mais restez ensemble. Ne vous séparez sous aucun prétexte.

— Nous ne pouvons pas atteindre Annie ! Sadie a dit qu'elle allait la faire passer par la fenêtre de sa chambre.

Chase jura entre ses dents. Ghost et lui baissèrent les yeux vers Fletch. Ils devraient être tous les deux pour le sortir de la maison. Ghost ne pouvait pas retirer ses mains de la blessure et il ne pouvait pas le porter et maintenir la pression sur son flanc en même temps.

De toute évidence, Ghost était arrivé à la même conclusion, car il dit à Rayne :

— Sortez de la maison. Trouvez Sadie et restez avec elle. Ce n'était pas un accident. Tu m'entends ?

— Oh mon Dieu. Oui, Ghost, je t'entends.

Ghost et lui entendirent Rayne appeler Emily tandis qu'elle s'éloignait du passage bloqué.

— Allez, Em. Il faut qu'on sorte d'ici. Sadie nous attend. Je suis sûre qu'Annie va bien. Elle est probablement surexcitée par tout ça, pas effrayée. Allez.

Sa voix tremblait, mais elle faisait ce que Ghost lui avait demandé.

Chase croisa le regard de Ghost. Ils toussèrent tous les deux tandis que la pièce continuait à se remplir de fumée. Les flammes étaient plus hautes à présent. Ils n'avaient pas le choix ; ils ne pouvaient pas rester là, peu importe à quel point il était dangereux de bouger Fletch. Ils étaient foutus s'ils le faisaient et foutus s'ils ne le faisaient pas. Mais le feu les tuerait s'ils ne sortaient pas de la maison.

— Je vais aller chercher un moyen de sortir, dit Chase à Ghost.

Il acquiesça.

Chase se leva sur ses jambes branlantes et posa une main sur son flanc. Il lui faisait un mal de chien. Il baissa les yeux vers sa main et vit qu'elle était couverte de sang. Ce n'était pas aussi grave que la blessure de Fletch, mais de toute évidence, il avait été touché par des débris volants.

Le moyen le plus simple de sortir serait à travers le trou dans le mur qui avait été créé quand le missile était entré dans la maison, mais les flammes bloquaient cette sortie. Il ne voulait pas utiliser la porte principale, car ils seraient des cibles faciles en allant dans le jardin par une sortie aussi exposée. Cela leur laissait la porte arrière, qui menait au jardin situé derrière la maison et au porche.

Chase jeta un coup d'œil à travers le rideau et essaya d'évaluer le danger. Il ne voyait pas grand-chose, car il faisait encore nuit, mais il ne semblait pas y avoir quoi que ce soit bloquant la porte et les empêchant de sortir. Ils pouvaient faire sortir Fletch et passer dans les hautes herbes qui entouraient le jardin. Puis, il pourrait partir pour trouver Sadie et les autres.

Il se fraya un chemin jusqu'à Fletch et Ghost, toussant pendant tout ce temps. La fumée devenait épaisse et bientôt, Chase savait qu'ils ne pourraient plus rien voir. Il désigna la porte arrière d'un geste et Ghost acquiesça. Chase prit le bras de Fletch du côté où il n'était pas blessé et haussa les sourcils à l'attention de Ghost, lui demandant s'il était prêt.

Lorsque Ghost acquiesça, Chase utilisa toute sa force pour faire traverser la pièce à Fletch en le tenant par le bras. Ghost resta juste à côté d'eux, à genoux, maintenant la pression sur la blessure de Fletch tandis qu'ils se frayaient un chemin vers la sortie.

La quantité d'efforts qu'il leur fallut pour tirer l'homme inconscient était énorme et Chase sentit du sang couler de son flanc. Mais il n'avait pas l'intention d'abandonner. Fletch lui avait permis de rester chez lui et à présent, sa maison avait été détruite par la même personne dont ils avaient essayé de se cacher.

Il jura à ce moment précis de s'assurer qu'il serait dédommagé pour chaque centime qu'il faudrait pour reconstruire sa maison. Le FBI donnerait certainement un coup de main, voire paierait pour tout. Ils essayaient désespérément de trouver Jonathan, presque aussi désespérément que Chase l'avait été. Les armes cachées dans le tunnel secret de l'école avaient fait de Jonathan une priorité... et il semblerait qu'ils avaient eu raison de s'inquiéter. De toute évidence, il n'avait pas abandonné toutes les armes derrière lui quand il avait disparu. Chase tirerait toutes les ficelles nécessaires pour que Fletch soit indemnisé.

Ils atteignirent la porte arrière et Chase la vérifia une fois de plus. Il ne vit rien. Il ouvrit la porte et écouta. Il ne pouvait entendre que le craquement des flammes. Il acquiesça à l'attention de Ghost une fois de plus et ils travaillèrent ensemble pour faire sortir Fletch et traverser le jardin. Tirer l'homme dans l'herbe était bien plus difficile que de le faire sur le parquet de chez lui, mais Chase y mit toute sa force et y parvint.

Il tira son ami dans les hautes herbes et haleta lorsqu'ils s'arrêtèrent enfin.

— Quelqu'un a dû entendre l'explosion et appelé les flics maintenant. Je vais aller chercher les femmes et les ramener ici, dit Chase à Ghost.

À ce moment-là, une énorme explosion se fit entendre depuis l'avant de la maison.

Les deux hommes tournèrent la tête, même s'ils ne pouvaient rien voir depuis l'arrière.

Le regard de Ghost se déplaça vers quelque chose derrière Chase et il s'exclama :

— Qu'est-ce que c'est que ce bordel ?

Chase se retourna à temps pour voir une petite silhouette s'enfuir de la maison et entrer dans les bois comme si le diable était après elle. Elle boitait en courant, mais Annie avait bien une destination à l'esprit.

— Putain, dit Chase, ayant envie d'appeler la petite fille, mais ne voulant pas prendre le risque de révéler leur position.

Fletch était encore vulnérable, et Ghost ne pouvait pas vraiment se battre contre quelqu'un... pas alors qu'il tenait littéralement la vie de Fletch dans ses paumes. Il avait les mains liées et Chase était le seul à pouvoir bouger librement à ce moment.

— Vas-y, ordonna Ghost. Putain, *vas-y* !

Chase ne resta pas dans les parages pour débattre à propos du problème. Plié en deux dans une position accroupie pour rester baissé, il partit vers le côté de la maison. Il percuta presque Rayne et Emily. Il agrippa Rayne par les épaules pour s'empêcher de tomber en arrière.

— Ghost et Fletch sont derrière, dans les hautes herbes. Allez-y.

— Mais tu saignes ! dit Rayne, les yeux écarquillés. Frangin, tu dois venir avec nous.

Elle tira sur sa manche, ne le laissant pas partir, et elle leva les yeux vers lui avec une telle inquiétude et une telle terreur qu'il eut envie de la prendre dans ses bras et de lui dire que tout irait bien. Mais il n'avait pas le temps.

— Annie ? Est-ce qu'elle est avec eux ? demanda Emily avec insistance.

— Non, mais elle va bien. Je l'ai vue de mes propres yeux. Elle se dirigeait vers la maison des voisins. Vas-y. *S'il te plaît.*

Sans un mot, Emily commença à traverser le jardin en courant dans la direction où Chase l'avait vue partir.

Chase fixa sa sœur du regard. Les yeux de celle-ci étaient écarquillés et elle avait de la crasse étalée sur le front.

— Allez, sœurette. Je gère.

Elle respira profondément, puis acquiesça.

— D'accord, mais si tu meurs, je ne te le pardonnerai jamais.

Et sur ces mots, elle se retourna et courut à travers le jardin en direction de l'endroit où il avait laissé Ghost et Fletch.

Chase voulait sourire face à ce qu'avait dit sa sœur, mais il n'y parvint pas. Son flanc lui faisait un mal de chien, il commençait à être pris de vertige à cause de la perte de sang et la femme qu'il aimait était en danger. Il le savait aussi facilement qu'il savait comment il s'appelait.

Il jeta un œil de l'autre côté de la maison et bougea avant même que son cerveau n'en donne l'ordre à ses pieds.

Sadie était à genoux à côté d'une voiture, contre le garage. Le véhicule était retourné et des flammes sortaient de la partie arrière. Elle tirait sur le bras de quelqu'un, essayant de sortir cette personne de l'épave.

Mais ce n'était pas ce qui le faisait courir vers elle

aussi vite que possible. C'était l'homme qui avançait derrière elle. Jonathan.

Chase avait su depuis le début que Jonathan était derrière ce qui avait touché la maison, mais le voir là, marcher en direction de la femme qu'il aimait comme s'il ne se préoccupait de rien au monde actionna un interrupteur en lui. Après avoir entendu ce que cet homme avait déjà fait à Sadie, il était hors de question qu'il le laisse remettre la main sur elle. Absolument hors de question.

Lorsqu'il arriva assez près d'eux, Chase put entendre Sadie dire « Oncle Sean, est-ce que ça va ? » tandis qu'elle tirait sur son bras, essayant de le libérer de l'épave. Il était conscient et les jurons qui sortaient de sa bouche auraient impressionné Chase s'il n'avait pas été concentré sur Jonathan.

— Sadie, attention ! dit Sean, mais il était trop tard.

Jonathan s'approcha d'elle par-derrière et la sépara facilement de la voiture et de son oncle.

Sans réfléchir, Chase ne ralentit même pas. Personne ne l'avait encore vu et il utilisa cela à son avantage. Il percuta directement le flanc de Jonathan.

Tous les trois furent projetés en l'air et Chase fit de son mieux pour ne pas tomber sur Sadie.

Ils atterrirent dans la poussière dans un bruit sourd et fort ; la vue de Chase s'assombrit brièvement lorsqu'il tomba sur son flanc blessé. Son hésitation quand ils tombèrent fut suffisante pour que Jonathan prenne le dessus.

Il roula et se mit à califourchon sur Chase. Ses deux mains s'enroulèrent autour de la gorge de Chase et il serra.

— Elle est à *moi*, siffla Jonathan. Tu ne peux pas l'avoir !

Chase haleta pour essayer de respirer, mais il n'y parvint pas. Les mains autour de sa gorge étaient trop serrées. Il donna une ruade sous l'autre homme, mais rien de ce qu'il faisait ne changea quoi que ce soit. Son flanc ne lui faisait plus mal ; en réalité, il ne sentait plus grand-chose. Le besoin d'oxygène surpassait tout le reste mis à part la vue de la femme qu'il aimait plus qu'il ne s'aimait lui-même.

Il la vit s'efforcer de se lever derrière Jonathan.

Refusant de regarder les yeux bleus remplis de haine au-dessus de lui, il maintint les siens rivés sur Sadie. Elle ressemblait à une Valkyrie. Ses cheveux roux tournoyaient autour de sa tête comme s'ils avaient une conscience propre. Ses yeux couleur noisette brillaient de détermination. Il la perdit de vue un instant, mais dès qu'il commença à paniquer, elle réapparut.

Chase l'observa, les yeux écarquillés, tandis qu'elle levait quelque chose au-dessus de sa tête.

Elle l'abattit rapidement sur le dos de Jonathan et il lâcha immédiatement la gorge de Chase.

Celui-ci roula sur le côté, loin de l'homme qui essayait de le tuer, et ordonna à ses membres de bouger. De faire quelque chose pour protéger Sadie...

Mais il n'avait pas besoin de s'inquiéter. Sean Taggart s'éleva de la voiture démolie à côté de sa nièce. Il prit ce que Chase pouvait à présent reconnaître comme étant un démonte-pneu des mains de Sadie et tandis que Jonathan commençait à se lever, Sean balança la barre en fer comme une batte de baseball.

La tête de Jonathan explosa littéralement sous l'impact.

Personne ne dit un mot pendant plusieurs longues secondes. Puis Sadie cria :

— Chase !

La tête de Chase retomba sur le sol dans un bruit sourd et il fixa du regard le ciel obscur et dégagé, essayant de reprendre sa respiration. Pour une raison ou pour une autre, il n'y parvenait pas.

Même si Jonathan ne lui serrait plus la gorge, il ne parvenait pas à faire entrer de l'air dans ses poumons.

Le visage de Sadie apparut au-dessus du sien, ses cheveux roux effleurant sa joue.

— Chase ?

— Je t'aime, haleta Chase.

C'était la seule chose qu'il pouvait penser dire. Il ne le lui avait pas dit plus tôt, mais à ce moment-là, allongé sur le sol, il le savait.

— Oh mon Dieu, Chase ! répéta Sadie.

Sa main se posa sur la joue de Chase et il essaya de lui sourire. Il adorait son contact. Il ferma les yeux.

— Non, Chase ! Ne ferme pas les yeux ! dit Sadie d'une voix désespérée.

Il ouvrit les yeux et fixa le regard paniqué de la femme qu'il aimait.

— Dis-le aussi, exigea-t-il.

Elle secoua la tête.

— Non. Pas maintenant. Quand tu iras mieux. Tu dois tenir bon si tu veux me l'entendre dire.

Chase fronça les sourcils. Il avait besoin d'entendre les mots sortir de sa bouche. Il savait qu'il était en train de mourir. Il n'arrivait pas à respirer et quelque chose allait vraiment mal au niveau de son flanc. Il n'avait pas regardé, mais c'était mauvais. Il le savait.

— S'il te plaît, implora-t-il, à bout de souffle.

Les larmes coulèrent le long du visage de Sadie, mais elle secoua la tête obstinément.

— *Non*. Bats-toi pour rester avec moi et je dirai cela tous les jours pour le reste de nos vies !

Chase entendit le vacarme sur le côté, mais ne détourna pas les yeux de Sadie. Tout s'estompait, mais il ne pouvait toujours pas détourner le regard du sien. Ses yeux semblaient encore plus beaux lorsqu'ils étaient soulignés par les larmes.

— Jonathan ne te fera plus de mal.

— Je sais, tu m'as sauvée, dit Sadie.

Elle se déplaça de son côté jusqu'au sommet de sa tête et il cambra le cou pour garder les yeux rivés sur elle. Il entendit vaguement des gens parler au-dessus de lui, mais il ne comprit pas ce qu'ils disaient. Quelqu'un tirait son tee-shirt, mais de nouveau, toute son attention était centrée sur Sadie.

— Je t'aime, répéta-t-il d'une voix rauque. Je ferais n'importe quoi pour te maintenir en sécurité.

— Alors, bats-toi pour moi, répondit-elle. N'abandonne pas !

Chase ouvrit la bouche pour répondre, mais l'obscurité qui s'immisçait sur le côté de ses yeux était trop forte pour être combattue. La dernière chose dont il se souvint tandis que la noirceur le submergeait fut le son des sirènes au loin.

Il se détendit. La cavalerie arrivait. Sadie serait enfin en sécurité.

*   *   *

Plus tard — il ignorait combien de temps s'était écoulé —, les yeux de Chase s'entrouvrirent. Tout lui faisait mal, il ne pouvait pas bouger et il était complètement perdu. Mais à la seconde où il ouvrit les yeux, le visage de Sadie apparut.

— Chase ?

Il ouvrit la bouche, mais rien ne sortit. Ses lèvres étaient trop sèches et il n'avait pas la moindre salive dans la bouche.

— Je t'aime.

Les mots de Sadie s'installèrent dans son âme.

— Tu m'entends, Chase ? Je t'aime. Tu as tenu ta part du marché. Ton cœur s'est arrêté deux fois pendant l'opération, mais tu n'as pas abandonné. Je t'aime. Je pense que c'est le cas depuis la seconde où je te suis rentré dedans à Bexar.

Chase leva le regard vers les yeux couleur noisette qu'il aimait plus que tout sur cette Terre. Il ouvrit la bouche une fois de plus pour essayer de dire à Sadie qu'elle était sa raison de vivre. Qu'il se battrait contre le diable lui-même si cela voulait dire qu'il pourrait la retrouver, mais avant qu'il ne puisse faire autre chose que coasser, elle posa ses lèvres sur les siennes.

Ce fut un baiser court. Sec. À peine un toucher de ses lèvres sur les siennes. Mais c'était le meilleur baiser de toute sa vie.

Elle recula et posa sa paume sur son torse.

— Dors, Chase. Je serai là quand tu te réveilleras. Je t'aime.

Les paupières de Chase se fermèrent et, avec ses mots faisant écho dans son esprit, il fit ce qu'elle lui avait ordonné et s'endormit.

ÉPILOGUE

Chase s'appuya lourdement contre le mur et observa simplement Sadie. Elle était dans la cuisine en train de ranger la vaisselle. Elle avait pris les choses en main comme si elle avait toujours vécu là. Elle avait été une bénédiction, n'aidant pas seulement à le soigner une fois qu'il était sorti de l'hôpital, mais s'occupant des choses de la vie quotidienne dont il ne pouvait pas se charger à cause de sa blessure.

Il avait raté tout ce qu'il s'était passé après s'être évanoui sur le sol, à l'extérieur de la maison de Fletch.

La police, les pompiers et les secours étaient venus en masse. Ils avaient éteint l'incendie assez vite et, étonnamment, la maison n'avait pas été complètement détruite. Il faudrait beaucoup de travail pour qu'elle soit à nouveau habitable, mais la plus grande partie serait sauvée.

Annie et Emily avaient couru presque un kilomètre et demi jusqu'à la maison voisine, Annie portant son soldat sur tout le chemin, puis elles avaient insisté pour que les voisins les ramènent une fois qu'elles eurent appelé les secours.

Fletch avait été opéré et il était actuellement en train de se remettre de ses blessures, tout comme Chase. Le foie de Fletch avait été coupé par le morceau de bois et, sans la pression constante de Ghost, il serait mort dans l'herbe.

Sean Taggart avait été entaillé à la tête après avoir heurté le volant, mais étant donné que sa vieille voiture n'avait pas d'airbags, il était remarquablement en bonne forme. La Scout était sacrément robuste et le châssis avait résisté étonnamment bien étant donné les circonstances. Malheureusement, même si la voiture classique avait suffisamment tenu le coup pour sauver la vie de Sean, elle était foutue.

Ian était censé venir avec Sean, mais il avait été retenu, car il était empêtré dans un problème avec l'un des gardes du corps de McKay-Taggart. Cela s'était finalement avéré être une bonne chose, car le côté passager de la Scout de Sean avait subi le plus gros des dommages dus à la roquette.

Jonathan était bien mort. Les Fédéraux n'étaient pas contents, car ils auraient voulu l'interroger, mais Sean n'avait pas hésité à faire le nécessaire pour s'assurer que sa nièce soit en sécurité d'une quelconque menace future.

Le fait que Jonathan ait fait ce qu'il avait fait n'était pas vraiment une surprise, mais tout le monde se demandait encore pourquoi. Chase pensait le comprendre, après avoir parlé avec Sadie, mais ce n'était pas à lui de raconter cette histoire.

Jonathan avait pris quelques lance-roquettes avec lui la dernière fois qu'il s'était échappé de Bexar. Il avait lancé l'une d'elles sur la maison de Fletch puis une autre quelques instants plus tard, pendant que Chase et les autres hommes étaient inconscients, ce qui les avait séparés des femmes. Il en avait utilisé une troisième sur la voiture de Sean et personne ne doutait du fait qu'il aurait utilisé la quatrième roquette que la police avait trouvée dans les arbres près de la maison de Fletch s'il en avait eu besoin.

Bien entendu, le gouvernement essayait à présent de découvrir où le père de Jonathan, Jeremiah Jones, avait obtenu ces armes pour commencer. Personne ne voulait ce genre de puissance de feu dans les rues.

Quant à Sadie... Elle était restée à ses côtés depuis qu'il était presque mort sur la table d'opération.

Chase avait été touché par un clou. C'était un accident inhabituel. Le missile métallique s'était enfoncé dans son corps et il ne l'avait même pas su. Les médecins avaient dit que cela n'aurait pas été si grave, mais à cause de l'effort qu'il avait réalisé en déplaçant Fletch puis en jetant Jonathan au sol, l'objet s'était déplacé dans son abdomen, déchirant son gros intestin, son rein et sa vessie au passage. Il était presque mort d'une hémorragie interne et des toxines de son corps qui, en se répandant, le contaminaient lui-même.

Rayne était restée à ses côtés presque autant que Sadie et il avait finalement dû la faire sortir de sa chambre. Lorsqu'elle avait refusé de partir, il avait lancé Ghost après elle. Il adorait le fait que sa sœur soit inquiète pour lui, mais il s'en sortirait.

Sean Taggart était resté une semaine et avait été rejoint par sa femme, Grace. Ils avaient voulu s'assurer que leur nièce allait bien après tout ce qu'il s'était passé. En réalité, Chase leur devait une énorme dette de gratitude. Sean avait aidé Sadie à louer le grand appartement près de la base militaire et à déménager toutes ses affaires personnelles depuis son ancien appartement dans le nouveau avant qu'il ne soit autorisé à sortir de l'hôpital.

C'était un appartement au rez-de-chaussée, il n'avait donc pas d'escaliers à monter.

Sean et lui avaient eu une longue discussion tard, un soir. L'homme plus âgé avait voulu connaître les intentions qu'il avait envers sa nièce. Chase n'avait eu aucun problème à regarder l'homme tristement célèbre dans les yeux et à lui dire à quel point il aimait Sadie et voulait l'épouser.

Tandis que Chase se tenait contre le mur, observant Sadie s'affairer dans leur cuisine, il ferma momentanément les yeux en signe de gratitude pour tout ce qu'il avait. Il guérirait et il serait bientôt capable de rejoindre son unité. Sadie vivait avec lui et ils partageaient le même lit tous les soirs. Elle avait officiellement quitté son emploi à McKay-Taggart, à Dallas, et elle cherchait actuellement un travail dans la région de Fort Hood.

— Chase ? dit sa voix douce.

Lorsqu'il ouvrit les yeux, elle se tenait juste devant lui, une main posée sur ses biceps.

— Je vais bien, la rassura-t-il.

— Tu es sûr ?

— Je suis sûr. Mais il y a bien quelque chose dont je dois te parler.

— Quoi ?

Chase détestait le fait que Sadie ait l'air paniquée, par conséquent, il dit rapidement :

— J'avais tort.

Elle fronça les sourcils.

— À propos de quoi ?

— À propos des femmes au combat. Tu avais raison. Les femmes sont tout aussi capables. J'étais obstiné et sexiste. Si tu n'avais pas été là...

Il laissa sa phrase en suspens tandis qu'il s'efforçait de contrôler ses émotions.

Sadie ne jubila pas et ne s'exclama même pas : « Je te l'avais bien dit ». Elle se contenta de lui serrer le bras en signe de soutien.

Chase s'éclaircit la gorge et poursuivit sa pensée.

— Je pense que le fait que Rayne ait été au cœur de ce coup d'État en Égypte m'a vraiment retourné la tête. Sans parler du fait que j'ai passé du temps avec les équipes de la Delta. Je te promets d'être meilleur pour ne pas sauter à des conclusions sexistes.

— Merci. Je me suis retrouvée dans une position unique pour observer tous les agents de McKay-Taggart en action... hommes *et* femmes. J'ai vu ce qu'elles pouvaient faire, et à quel point elles étaient capables, de mes propres yeux.

— Tu penses que, si je le demande gentiment,

Ian me laisserait aller là-bas et m'entraîner avec lui et ses agents un jour ? demanda Chase.

— Tu es sérieux ? demanda Sadie.

— Bien sûr.

— Je pense qu'ils adoreraient ça. Ils adoreraient avoir une occasion de te botter les fesses.

Chase sourit à Sadie. Il se sentait mieux après avoir dit ce qu'il avait sur le cœur, mais à présent, il avait autre chose à lui demander. Il avait décidé qu'il allait attendre pour le faire jusqu'à ce que le moment soit plus approprié, mais il ne pouvait pas attendre une seconde de plus.

— J'étais énervé contre toi quand tu as refusé de me dire que tu m'aimais. Je savais que j'étais probablement en train de mourir et je n'arrivais pas à croire que tu ne réalises pas ma dernière volonté.

Chase détestait le fait que des larmes remplissent les yeux de Sadie, mais il poursuivit.

— Je ne l'ai dit à personne, mais j'ai fait un rêve quand j'étais sur la table d'opération. Je ne sais même pas si c'est le bon mot, mais peu importe. Quoi qu'il en soit, j'étais dans un champ de tournesols. Ils étaient tous plus grands que moi et je ne pouvais rien voir. Je n'arrêtais pas de t'appeler, mais tu ne répondais pas. Je pensais que Jonathan t'avait attrapée. Que je ne t'avais pas protégée.

Puis, je t'ai entendue. Ta voix était faible, mais tu n'arrêtais pas de me demander de revenir vers toi. Tu disais que tu voulais me dire quelque chose. J'ai crié et hurlé pour te dire que j'étais là. Que j'arrivais, mais tu ne pouvais pas m'entendre. J'ai commencé à marcher vers ta voix, déterminé à t'atteindre. Les tournesols se sont transformés en des mains qui m'agrippaient, essayant de m'empêcher de te retrouver, mais j'ai refusé de les laisser me retenir. La seule chose que j'avais en tête était de te rejoindre pour que tu puisses me dire ce que tu avais à me dire. Un instant plus tard, je me réveillais et tu étais debout à côté de moi.

Tu avais raison, Sparky. Tu avais raison de ne pas me le dire. De me faire attendre. Je ne dis pas que je ne me serais pas battu pour te retrouver si tu l'avais dit avant, je crois vraiment que je l'aurais fait, mais ça m'a aidé. Ça m'a donné une autre raison pour laquelle me battre. Je t'aime. Je suis le premier à admettre que je ne comprenais pas l'obsession de Ghost pour ma sœur, mais je la comprends à présent. Je ferais tout pour toi. Je *vais* faire tout pour toi.

Chase essaya d'ignorer les larmes qui coulaient sur le visage de Sadie tandis qu'il posait prudemment un genou par terre devant elle.

Elle en resta bouche bée.

— Lève-toi, Chase ! Tu es encore en train de guérir !

Apparemment, elle n'avait pas encore compris ce qu'il était en train de faire.

— Je t'aime, Sadie Jennings. De tout mon être. Je veux passer le reste de ma vie avec toi. Je veux être à tes côtés quand tu auras nos enfants. Je veux vieillir avec toi et m'asseoir sur des rocking-chairs avec toi pour surveiller nos petits-enfants. Je vais rester dans l'armée aussi longtemps que possible. J'adore ça. Mais je te jure, ici et maintenant, que je ferai de mon mieux pour être là quand tu auras besoin de moi, quoi qu'il arrive. Être la femme d'un soldat n'est pas ce qu'il y a de plus simple au monde, mais tu es la femme la plus forte que j'aie jamais rencontrée. Je serais honoré et ému si tu acceptais de passer le reste de ta vie avec moi. Veux-tu m'épouser ?

Sadie resta immobile un moment, le fixant du regard, la bouche entrouverte, mais quelques secondes après qu'il a prononcé son dernier mot, elle se mit à genoux également, acquiesçant frénétiquement.

— Oui, Chase ! Bien sûr que oui ! Je t'aime. Tellement que tu ne sauras jamais à quel point c'était dur de ne *pas* te le dire quand tu étais allongé dans la poussière.

Elle lança ses bras autour de lui et même si ses gestes envoyèrent un spasme de douleur à travers son corps, il n'y accorda pas d'importance. Il sourit et s'écarta pour prendre son visage entre ses mains.

— Je n'ai pas encore de bague ; je pensais te laisser m'aider à en choisir une qui te plaît. Je ne veux rien d'autre que t'emmener dans notre chambre et te faire l'amour en l'honneur de nos fiançailles, mais je ne suis pas encore tout à fait prêt pour ça. Je ne voulais pas attendre, cela dit. Je t'aime, Sadie. Je sais ce que tu as abandonné... ton travail chez McKay-Taggart, ta vie à Dallas. Je ne le tiendrai pas pour acquis.

— Je peux trouver un autre travail, et Sean et les autres n'iront nulle part. Je peux encore les voir, lui et ma tante Grace, quand je veux. Et le sexe peut attendre. Même si j'espère que tu te rattraperas auprès de moi plus tard.

Chase afficha un grand sourire.

— Sans problème. Est-ce que je peux te demander autre chose ?

— Bien entendu, dit-elle immédiatement.

— Est-ce que tu penses que tu peux m'aider à me relever ?

Elle gloussa et se leva immédiatement. Elle tendit la main et Chase la prit en souriant. Il savait sans le moindre doute que Sadie Jennings, bientôt Jackson, serait toujours là pour lui tendre la main, tout comme il serait là pour elle.

*

La série *Delta Force Heroes* est désormais complète !

Un Protecteur Pour Fiona

Un Mari Pour Caroline

Un Protecteur Pour Summer

Un Protecteur Pour Cheyenne

Un Protecteur Pour Jessyka

Un Protecteur Pour Julie

Un Protecteur Pour Melody

Un Protecteur Pour the Future

Un Protecteur Pour Kiera

Un Protecteur Pour Les Enfants de Alabama

Un Protecteur Pour Dakota

Mercenaires Rebelles

Un Défenseur pour Allye

Un Défenseur pour Chloé

Un Défenseur pour Morgan

Un Défenseur pour Harlow

Un Défenseur pour Everly

Un Défenseur pour Zara

Un Défenseur pour Raven

Ace Sécurité

Au Secours de Grace

Au Secours de Alexis

Au Secours de Bailey

Au Secours de Felicity

Au Secours de Sarah

* * *

En Anglai

Delta Force Heroes Series

Rescuing Rayne

Rescuing Emily

Rescuing Harley

Marrying Emily (novella)

Rescuing Kassie

Rescuing Bryn

Rescuing Casey

Rescuing Sadie (novella)

Rescuing Wendy

Rescuing Mary

Rescuing Macie (novella)

<u>**Delta Team Two Series**</u>

Shielding Gillian

Shielding Kinley

Shielding Aspen (Oct 2020)

Shielding Riley (Jan 2021)

Shielding Devyn (May 2021)

Shielding Ember (Sept 2021)

Shielding Sierra (TBA)

<u>**SEAL of Protection: Legacy Series**</u>

Securing Caite

Securing Brenae (novella)

Securing Sidney

Securing Piper

Securing Zoey

Securing Avery

Securing Kalee (Sept 2020)

Securing Jane (Feb 2021)

<u>**SEAL Team Hawaii Series**</u>

Finding Elodie (Apr 2021)

Finding Lexie (Aug 2021)

Finding Kenna (Oct 2021)

Finding Monica (TBA)

Finding Carly (TBA)

Finding Ashlyn (TBA)

Ace Security Series

Claiming Grace

Claiming Alexis

Claiming Bailey

Claiming Felicity

Claiming Sarah

Mountain Mercenaries Series

Defending Allye

Defending Chloe

Defending Morgan

Defending Harlow

Defending Everly

Defending Zara

Defending Raven

Silverstone Series

Trusting Skylar (Dec 2020)

Trusting Taylor (Mar 2021)

Trusting Molly (July 2021)

Trusting Cassidy (Dec 2021)

SEAL of Protection Series

Protecting Caroline

Protecting Alabama

Protecting Fiona

Marrying Caroline (novella)

Protecting Summer

Protecting Cheyenne

Protecting Jessyka

Protecting Julie (novella)

Protecting Melody

Protecting the Future

Protecting Kiera (novella)

Protecting Alabama's Kids (novella)

Protecting Dakota

Badge of Honor: Texas Heroes Series

Justice for Mackenzie

Justice for Mickie

Justice for Corrie

Justice for Laine (novella)

Shelter for Elizabeth

Justice for Boone

Shelter for Adeline

Shelter for Sophie

Justice for Erin

Justice for Milena

Shelter for Blythe

Justice for Hope

Shelter for Quinn

Shelter for Koren

Shelter for Penelope

À PROPOS DE L'AUTEUR

Susan Stoker est une auteure de best-sellers aux classements du New York Times, de USA Today et du Wall Street Journal. Elle a notamment écrit les séries Badge of Honor: Texas Heroes, SEAL of Protection et Delta Force Heroes. Mariée à un sous-officier de l'armée américaine à la retraite, Susan a vécu dans tous les États-Unis, du Missouri jusqu'en Californie en passant par le Colorado, et elle habite actuellement sous le vaste ciel du Tennessee. Fervente adepte des fins heureuses, Susan aime écrire des romans où les sentiments laissent place au grand amour.

http://www.StokerAces.com

facebook.com/authorsusanstoker

twitter.com/Susan_Stoker

instagram.com/authorsusanstoker

goodreads.com/SusanStoker

www.ingramcontent.com/pod-product-compliance
Lightning Source LLC
Chambersburg PA
CBHW070523100726
47907CB00004B/953